KB119724

다 행 이 야,
그날의 내가 있어서

다 행 이 야,
그날의 내가 있어서

오승희 지음

위즈덤하우스

스물아홉을 이미 지나왔지만

그 시간의 나를 다시 떠올리게 하네요.

내가 쓴 나의 일기를 보는 듯했습니다.

사랑과 이별, 가족사, 직장과 여행과 꿈…

아리고 쓰린 감정들을 꾹꾹 누르고

담담한 듯 한 자 한 자 쓴 글을 읽다가

여러 번 눈물이 났습니다.

그리고 몇 번이나 끄덕이며 미소를 짓게 되더군요.

누구나 이 책을 읽는 동안

눈물도 닦고, 미소도 짓게 될 거예요.

잘하고 있고, 자라고 있다고

토닥여주는 느낌의 글들.

나도 다시 한번 성장한 것 같습니다.

작가를 만나면 참 고맙다고

따뜻한 밥과 차를 사고 싶습니다.

송정림 ─ 《참 좋은 당신을 만났습니다》의 저자, 드라마작가

1

그때 그 시간 속의 너

사랑도 이별도 익숙지 않다

2
환절기 같은 시간
내 삶의 틈새에 관하여

5

걸었다, 그게 참 좋아서

아마도 여행

작가의 말

1

그때 그 시간 속의 너

사랑도 이별도 익숙지 않다

amor fati

안녕, 스물아홉.

그리고 이젠 정말 안녕.
그때 그 시간 속의 당신.

침 묵

어떤 순간에 필요 이상의 침묵을 하는 건
실수하고 싶지 않다는 뜻이라는 걸 알았다.

그땐 그런 그가 답답해서 무슨 대화가 됐든 일단
나누기를 바랐는데, 지금의 내가 누군가에게 그러자니
한 가지 사실을 더 알게 되었다.

나를 진심으로 사랑했었구나.

그래서 그만큼 신중했다는 걸
내 안에 남은 그를 보며 깨닫는다.

변 화

관계가 끝나기 전에
웬만한 감정을 정리하기 때문에
연애 공백기가 짧은 편이다.

하지만 이번엔 달랐다.

이건 아니다 싶어서 헤어지긴 했지만
좋아하는 마음은 더 커졌고,

그만큼 아무렇지 않은 척
일상을 유지하기가 어려웠다.

이십 대의 나는 이별을 하면

번호를 바꾸기도 하고
이사를 가기도 하고
여행을 떠나기도 했다.
물리적인 상황을 바꾸면
어느 정도 감정이 정리돼서
웬만하면 현실을 벗어나려고 했다.

하지만 삼십 대의 나는 이별을 하면

맥주를 마시다가 울면서 잠들거나
정신없이 일에만 매달린다.
어디론가 떠났다가 돌아온다거나
안 해본 것들을 새롭게 시도해봐도
결국 현실을 감안하게 되는 것.

나에게 있어서
이십 대와 삼십 대의 이별이 다른 점은
이런 변화 때문이다.

내가 조금씩 나아지고 있다는 걸
지극히 사소한 이유로 느낀다.

빨래를 하고 샤워를 하고,
가라앉듯이 누워 있던 시간을 줄이고,
이렇듯 일상을 회복하는 일이
전에는 그렇게 중요한 줄 몰랐다.

다행이야,
그날의 내가 있어서

삼십 대가 되기 직전에 내가 제일 많이 실패한 것은 일과 사랑 사이의 균형이었다. 회사 일과 연애 정도는 그럭저럭 유지했지만 문제는 글 작업처럼 중요한 일이 끼어들 때였다. 마감이 잡히기라도 하면 대책 없이 예민해졌을 뿐더러 남자친구에겐 소홀해지기 시작했다.

연애는 번번이 그렇게 뒷전으로 밀려났다. 글은 물론이거니와 당장 회사를 그만둘 수도 없으니, 어느샌가 나는 상대방의 손을 먼저 놓아버리는 냉정한 사람이 되어가고 있었다.

정말로 이상한 점은 생각보다 그 상태가 자연스럽게 납득이 되지 않는다는 거였다.

'그를 좋아하고, 나에게는 여전히 연애도 중요한데, 도대체 뭐가 문제지?' 이해할 수 없는 질문을 하면서도, 당장 눈앞에 놓인 일을 해야만 했다. 관계 안에서 갈등을 해소하기보다 관계 자체를 치워버림으로써 일상을 유지했다. 그러다 보니 질문은 금세 흐릿해지고 말았다.

정신을 쏙 빼놓는 상황이 지나가면 안정이 찾아오고, 또다시 누군가가 좋아지고, 연애를 하다가 일을 위해 놓아버렸다. 나도 모르게 똑같은 패턴을 반복하는 식이었다.

드라마 소설화 작업을 연달아 세 권을 한 뒤 스물아홉이 되던 해였다. 일이라면 집요했던 나를 이해해주는데도 나는 남자친구에게 더 많은 이해를 바랐다. 언제 보자는 말은 대부분 남자친구의 몫이었고, 그마저도 피곤에 절어 제대로 데이트를 하지 못하는 날이 많았다.

그땐 이 모든 것이 우선순위의 문제인 줄 알았다.

하지만 돌이켜보면 나는 남자친구의 요구를 거절하지 못했다. 만날 시간이 부족하다는 이유로 혼자 있고 싶은 시간조차 의무적으로 내어줬기 때문이었다. 상황이 이렇다 보니 스스로에 대한 어떤 것도 회복할 여력이 없었다. 내가 어떤 사람인지 잘 몰랐기 때문에 생긴 일이었다.

그것이 소중한 관계를 결정적으로 망쳐버리는 계기가 될 수도 있음을 이제는 안다.

변화는 적지 않았다. 나를 있는 그대로 받아들이니 편안해지고 담백해진 것. 그뿐인가. 상대방의 뜻을 무조건 맞춰주기보다 나의 뜻을 정확히 전달함으로써 더 좋은 관계를 만들 줄도 알게 됐다. 그 시간 속의 나는 일과 사랑이 아닌, 삶에 대한 균형을 찾아가는 중이었다.

다행이다.
그날의 내가 있어서 '내가 아는 나'와 '내가 바라는 나'가 조금씩 닮아간다.

사 랑 이   아 닌

1.

처음 만난 날, 그 사람이 나의 오른쪽 손목에

새겨진 'now and here'의 뜻을 물었다.

그러고 보니 남자로부터

그런 질문은 받아본 적이 없었다.

"저에게 가장 중요한 문장이에요.

과거는 이미 지나갔고, 미래는 오지 않았잖아요."

별다른 반응이 없기에 그냥 그런가 보다 했다.

2.

다음 날, 양평의 한 카페에 갔을 때

그 사람은 또다시 먼저 운을 뗐다.

"고속도로로 가면 40분 걸리는데 거기로 갈까?

예쁜 풍경을 따라서 돌아가면

한 시간이 더 걸리는데 거기로 갈까?"

그렇게 물을 줄 아는 사람이라 좋았다.

3.

머리를 안 말리고 다니는 나를 대신해

거울 앞에서 드라이기를 들어주고,

발뒤꿈치가 까졌다니까 제일 큰

밴드를 붙여줘서 웃게 만든 사람.

4.

회사에서 이래서 힘들고 저래서 상처받았다고

한바탕 쏟아놓으며 "그런데 나는 괜찮아" 하니까

"그렇게 말하는 것 자체가 괜찮지 않은 거야.

아직 더 커야겠네.

기대하지 않은 채 잘해봐"라는 대답이 돌아왔다.

음… 그래. 아직 한참 멀었지.

묘하지만 인정할 수 있었다.

5.

다시 새로운 작업을 시작했다.

몰두하다 보면 일을 제외한 모든 것을

놓아버리는 나를 알아서 두렵다고 울었더니,

그 사람은 가만히 등을 쓸어주었다.

그것이 그 사람의 표현이었다.

6.

2년 전에 썼던 빨간색 일기장을 꺼냈다.

"내가 이 세상을 살면서

끝까지 지키고자 하는 마음이

'사랑'보다 '믿음'이었으면 좋겠다.

시간에 속고 편안함에 닮아서
어딘가 변할지도 모르는 '사랑'보다
조금은 느려도 깊어질 수 있는 단어를 앞세우면
우리의 관계도 영영 변하지 않을 것만 같아서."

6월 5일자 기록을 오늘의 일기장에 옮겨 적었다.

7.
우리는 '나 너 정말 좋아해'가 전부인 사이.
사랑한다는 그 흔한 한마디 나눠본 적이 없다.

그렇지만 그 사람은 나의 오른쪽 손목에 새겨진 문장을
처음으로 깊이 이해해주는 사람 같았다.

고 요 한   애 정

오늘 아침, 만년필 잉크를 급하게
채우다가 손톱 깊이 파란 물이 배었어요.

아직 잉크를 채우는 게 익숙하지 않나 봐요.

사실은요. 만년필을 그냥 사용할 때보다
잉크를 채우고 있을 때 더더욱 당신 생각이 나요.

그래서 나는 언제까지고 잉크를 채우는
일이 익숙하지 않다, 고 얘기하고 싶어요.

장 거 리 연 애

좋아하는 감정은 큰데 부득이하게 멀리 떨어져 있을 때.
그럴 때 내가 바라는 건 여행을 가거나
교외로 나가 데이트를 하거나
거창하게 느껴질 만한 이벤트성 하루를 보내는 게 아니라
지극히 작은 순간을 함께 나누는 것이다.

비가 오면 카페에 앉아 창밖을 보기도 하고,
갑자기 추워지면 마주 보며 팥죽을 먹기도 하고,
혼자 가는 동네 공원을 나란히 걷기도 하고,
이어폰을 나눠 낀 채 말없이 노래를 듣기도 하고.
뭐… 그런 것들.

굴

유난히 지친 날은
퇴근길이 멀게만 느껴진다.

그날도 그랬다.

숨 돌릴 틈 없이 바빴고
입맛은 없어서 빈속이었는데
돌아가는 내내 긴장이 풀렸다.

당장이라도 주저앉고 싶었다.

그렇게 집 앞에 도착했을 때

대문 손잡이에 걸려 있던 검은 봉지 하나.

오늘 하루도 수고했다는 쪽지와 함께

그가 놓고 간 귤이 담겨 있었다.

귤이 따뜻할 수도 있다는 걸 그날 처음 알았다.

뒷 모 습

인적이 드문 지하철 출구를 향해 걸어가다가
나도 모르게 걸음을 늦췄다.

발목까지 오는 검은색 패딩을 입은 남자와
그 남자의 가슴팍에 얼굴을 묻은 여자.

여자는 울고 있었고, 남자는 그런 여자를 다독이기라도 하듯
입은 옷 사이로 여자를 안은 채였다.

지금 참 많이 사랑하는구나.
남자의 뒷모습을 보는데 어렵지 않게 느낄 수 있었다.

사랑하는 사람 사이에는 기운이 있어서,

나는 그들 곁에 스민 먹먹한 애틋함을 뚫고 지나가야만 했다.

순간, 낯선 버스정류장에서 언젠가 나를 맞이해주던 너를 떠올렸다.

은호. 나는 너의 이름을 진심으로 좋아했다.

만난 지 얼마 되지 않아 입대를 한 너에게

편지를 쓰거나 통화를 할 때면 나는 애칭 대신 꼭 이름을 불렀다.

내가 모르는 세상의 선함이 너의 착한 얼굴과 맞물리는 게 아닐까.

그런 기분이 들어 마음 깊은 곳부터 따듯해졌다.

면회가 안 되는 부대로 배정받은 너를 만나기 위해

와수리행 버스를 탔던 날,

행여나 엇갈릴까 봐 우리는 정류장에서 만나기로 약속을 했다.

내가 내린 버스가 지나간 자리에서 너의 뒷모습을 처음 마주했다.

네가 얼마나 떨고 있는지, 그 뒷모습이 대신 말해주고 있었다.

물리적인 거리가 만들어낸 그리움이 얼마나 단단한지도.

나를 보낼 시간이 다가오자 너는 갖고 싶은 것이 있냐고 물었다.

창가에 놓을 화분을 늘려가는 중이었지만 나는 선인장을 택했다.

좋아하는 데 반해 가꿀 줄을 몰라

식물들이 죽는 일이 잦았기 때문이었다.

집으로 돌아와 선인장을 오은호라고 부르기 시작했다.

나의 성과 너의 이름을 합쳐서

선인장 화분 위에 적어놓은 이름이었다.

해가 바뀌어도 변함없이 너를 만나러 갔다.

하나였던 오은호가 두 개, 두 개였던 오은호가 세 개가 되었다.

그러나 나는 전역을 하고 서울로 돌아온 너를

마중 나가지는 않았다.

그것이 완벽한 끝은 아니었어도

머지않아 이별을 통보한 사람은 나였다.

그 밤, 남자의 뒷모습이 나를 안아주던 너와 왜 이리 닮아 있던지.

우리의 사랑이 지나가고도

첫 번째 오은호는 오랫동안 살아 있었다.

캐 롤

나에게 '미안하다'는 말은 이별과 가까웠는데,
영화 〈캐롤〉에서는 사랑에 가까웠어요.

서로가 서로를 비난하지 않고
있는 그대로의 모습을 받아들이는 순간,
진짜 사랑이 시작될 거예요.

미 안 해

스물여덟 가을, 연애를 마치고 심리 상담을 받았다.

주말이라 몇 군데를 알아보다가 유일하게 전화 연결이 된 곳으로 예약을 잡았다. 누군가를 만나다가 헤어지는 일은 이미 수없이 겪었지만 그 이별은 달랐다. 책이나 친한 언니가 아닌 제3자의 도움이 절실했다. 처음으로 나에게 문제가 있다고 생각했기 때문이었다.

동갑내기였던 그는 일러스트레이터였다. 섬세하면서도 다정했고, 똑같이 예민한데도 나와는 다른 정서적인 안정감이 깊게 배어 있던 사람이었다. 연애를 시작한 뒤 반 년 정도는 그럭저럭 잘 지냈지만 진짜 갈등은 내가 새로운 작업을 시작하면서부터 나타났다.

늘 사랑하는 마음을 내기가 어려웠다. 피곤을 앞세우느라 어느샌가 그와 제대로 된 대화를 나누지 못했다. 이런 가시적인 일들보다 더 이해할 수 없는 것은 그가 편안하지 않은 나를 자주 마주해야 한다는 사실이었다. 왜 그럴까. 분명 그를 좋아하는데, 그가 나를 좋아하는 것도 잘 아는데, 나는 아무도 몰래 끙끙 앓았다.

그날, 퇴근을 하자마자 상담을 받으러 갔다. 남자친구를 향한, 스스로도 설명이 안 되는 상태가 우선이라고 여겼지만 선생님은 가정의 불화와 부모님과의 단절을 먼저 꼽았다. 관계에 대한 근본적인 회복 없이는 누구를 만나든 앞으로도 무의식적인 불신이 계속될 거라는 거였다. 나도 아는데, 돌이켜 봐도 부모님과의 사이가 제일 안 좋은 시기였던지라 머리와 달리 마음에서 굉장히 받아들이기 어려운 대화였다.

여덟 번의 상담을 마무리할 때였다. 선생님이 노래를 한 곡 틀어줄 테니 떠오르는 감정이 있으면 그대로 느껴보라고 했다. 눈을 감은 채 듣는데, 갑자기 어떤 잔상들이 선명하게 보였다. 아픈 몸으로 혼자 병원을 가던 일곱 살 나와 남자친구의 냉동고 가득 남자친구의 어머니가 보내주신 생일 음식들이 동시에 포개진 것이다.

부러웠구나.

제일 사랑하고 아껴줘야 할 상대에게 열등감을 느꼈구나. 그제야 나는 남자친구에게 느꼈던 감정이 무엇인지 정확히 알 수 있었다. 상담을 마치고 나오는데, 햇살이 밝은 바람에 좀처럼 눈물을 그칠 수가 없었다.

미안해.

이 말이 뒤늦게 진심이라 서러웠다. 미안하다는 감정도 사랑의 일부가 될 수 있다니, 헤어지기 직전까지 반복했던 많고 많은 '미안해'가 가짜였다는 게 미안했다.

"정말 중요한 인연을 놓칠까 봐 난 연애에 있어서 신중하고 싶은 거야. 오히려 나 같은 사람이 혼자서도 완전한 사람이지. 아무렇지도 않은 듯 연애를 하지 않아도 잘 지낸다고 말하지만 사실은 너, 외롭잖아. 그래서 누군가를 계속 곁에 두지는 않았는지 잘 생각해봐."

그토록 나를 정확하게 봤던 사람이라 쉽사리 잊지 못했다.

스물아홉 여름, 우리는 다시 만났다. 늦은 새벽, 청량리역 광장에 앉아 그간 있었던 변화들을 덤덤하게 내려놓으며 그에게 미안하다는 말을 직접 건넬 수 있었다. 마치 헤어진 적이 없었던 것처럼 우리는 함께 걸었지만 겨울이 가기 전에 그 사랑은 완전히 끝났다.

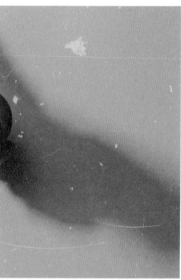

기 억 해 줬 으 면

어반자카파의 노래 '아직도 나를 사랑한다면'에는
이 노래로 인해서 우리가 헤어졌다는,

그대를 더 원하는데도
결국 이 노래를 만들었다는 가사가 담겨 있다.

작업을 하는 동안 나에게도 그런 적이 있었다.

매일 밤을 새면서도 가끔 그의 출근길을
따라 합정역에서 여의도역까지 함께했고,
열쇠를 냉장고에 넣고 다니던 정신머리로

크리스마스라며 정성들인 편지를 썼고,
작업실 앞까지 찾아온 그를 만나기 위해
한겨울에 맨발로 나섰다가 그가 나를 업은 채
편의점까지 대신 눈길을 걸어주기도 했다.

내가 가지고 있는 열 개의 마음 중에
여덟 개는 온전히 그 책을 위해 썼다.
하나는 회사를 다니며 겨우 먹거나 자는 데 썼다.
어느 때보다 절실했던 연애였는데도
그래서 그에게는 단 하나의
마음밖에 내어줄 수밖에 없었다.

겨울이 가면 괜찮을 줄 알았다.
하지만 그 전에 우리는 헤어졌다.

시간이 흘러 서점에 놓인
책을 보는데 그제야 아팠다.
마치 잠에서 깨어난 것처럼.

당장이 아니어도 좋으니 언젠가

그가 우연이라도 이 책을 만난다면
한번쯤 내 생각을 해주길 바랐다.

나 그래도 꿋꿋하게 해냈어.
당신도 어딘가에서 잘 견뎠으면 해.
이 책이 나 대신 말해주었으면.
눈물지은 날보다 웃었던 날이 그래도
더 많았던 우리였음을 떠올렸으면.

후회

이번 이별은 꼭
벌을 받은 기분이 들어.

내가 너에게 주었던 상처와 너무나 똑같은 상처를,
그것도 다른 상대에게 받아서일까.

너를 뒤늦게 이해하는 일이
이제 와 아무런 의미는 없겠지만
언젠가 그 사람 또한 알게 될지도 몰라.

내가 지금 무엇 때문에 아파하는지.

미 련

늦은 여름휴가로 일본에 가기로 했는데.

그게 어렵다면 차를 끌고 남쪽으로 내려가
바닷가 마을 구석구석을 달리기로 했는데.

너의 손을 잡고 해변을 걷다가
밀려오는 파도에 발을 적셔보려 했는데.

늦은 새벽, 네가 해준 요리와 함께
방에 마주 앉아 긴 수다를 나누기로 했는데.

너의 친한 형들 그리고 친구들까지
나에게 인사시켜주고 싶어 했는데.

파스타면 파스타, 냉면이면 냉면,
맛집에 훤한 네가 데려가주기로 했는데.

함께한 것보다 함께하기로 한 것들이
이토록 나를 괴롭히는 하루.

꿈

좀처럼 꿈을 꾸지 않는 편인데, 어젯밤 꿈에는 네가 나왔어. 늦은 밤, 운전석에 앉아 있는 네 얼굴이 선명하게 보였어. 신기하지. 넌 운전을 할 줄 모르는 데다가 우리는 늘 걸어다니기만 했는데 말이야.

오랫동안 준비하던 미국을 이제야 간다고 했어. 현실에선 너를 밀어낼 만큼 큰 걸림돌이었는데, 꿈이어서 그런지 우리는 헤어지지 않았나 봐. 욕조가 매일 바뀌는 너희 집에 가서 너의 부모님까지 만난 걸 보면.

너를 보면서 동시에 그 사람을 봤어.

많은 계절이 흘렀지만 그 여름 이후 누군가를 만났다가 멀어지면 전보다 더 괴로워져. 실패라고 해야 할까. 실수라고 해야 할까. 단지 인연이 아니었다고 말하면 그만일까. 뭐가 됐든 한두 번도 아닌데 계속해서 반복한다는 사실을 믿을 수가 없어서.

내 안에 있는 게 이런 문장들이 아니었다면 좋았을걸.

내가 춤을 잘 췄다면 꿈속에서 네가 눈부신 춤을 췄을 텐데. 내가 노래를 잘 했다면 꿈속에서 네가 기막힌 노래를 불렀을 텐데. 아니, 내가 춤을 못 추고 노래가 엉망이어도, 그리고 꼭 네가 아니더라도, 누군가가 여전히 내 곁에서 함께일 수도 있었을 텐데.

뜨 겁 지　않 아 서

조용한 이별이다.

생활은 흐트러지지 않았다. 나는 친구와 결혼을 약속한 친구의 남자
친구가 궁금했고, 그 남자친구의 사촌동생은 내 친구를 보고 싶어
했다. 그렇게 넷이 만난 자리에서 그와 나는 한순간에 감정이 커져
버리고 말았다.

헤어질 만한 이유는 크게 없었다. 새벽 내내 근무를 하는 그와 특정
시간에만 연락을 주고받거나 일주일에 한 번 보는 일이 사실 그렇게
어렵지는 않았다. 나야말로 하루를 몇 배로 쪼개어 사느라 연애에
큰 에너지를 쏟을 수 없는 상황이었고, 오랜 시간 깨어 있으니까.

핸드폰 너머로 그가 말했다.

"여전히 좋아해. 연애 초기라면 더 자주 보려고 하고, 더 자주 연락하려고 해야 하잖아. 그런데 생활이 피곤해서 그런지 내가 우선이어서 그런지 잘 안 돼."

스스로도 이해할 수 없다는 듯이 이런저런 생각을 중얼거리던 그는 이 모든 것이 '뜨겁지 않아서'라는 결론에 도달한 것 같았다. 그리고 그는 나 또한 같은 상태이기 때문에 이 관계가 유지되는 거라고 생각했다.

믿기진 않지만 그 순간이 정말 재미있었다. 그는 '뜨겁지 않음'을 연애에 있어서 회의적인 영역에 뒀다면, 나는 긍정적인 영역에 뒀던 것이다. 불분명한 상황을 싫어해서 누구보다 불같은 연애만 하던 내가 더 이상 그럴 수 없다는 사실을 깨달았다.

그렇다. 나는 이제 '뜨겁지 않은' 사람이 되어버렸다.

둘만의 미래와 진지한 계획은 충실히 쌓아올린 시간 속에서 더 반짝거린다는 것을 알게 된 지금, 누구를 만나든 당장 듣기 좋은 약속만

을 나누고 싶지는 않았다. 오늘 우리가 함께 있음이 무엇보다 의미 있는 것. 그에게 '좋아한다'는 표현밖에 못했던 이유는 단순하게 딱 거기까지여서가 아니라 나에게도 그 '뜨겁지 않음'이 오랫동안 회의 적으로 느껴지던 때가 있었기 때문이었다.

그것이 마지막 통화였다.

우리 둘 다 헤어짐을 입에 담지는 않았지만 나는 그렇게 짐작했다. 나보다 나이가 어렸던 그의 마음을 어쩐지 하나하나 다 이해할 수 있었다. 같은 듯 보이지만 너무나 다른 이유로 짧은 연애가 끝난 것 보다 어느새 내가 이렇게 어른이 되었구나 싶어서 슬펐다.

이 상 형

전에는 나를 봐주는 사람이 좋았어요.

지금은 나를 '정확히' 봐주는 사람이 좋아요.

속 마 음

지난주에 공원을 걷다가 핸드폰을 떨어뜨려서
액정의 왼쪽 하단이 깨졌다. 며칠 전에 또 떨어뜨리는 바람에
이번엔 정면을 가로지르는 금이 가버렸다.

잊고 있었다.

이별을 하고서도
내 마음이 내 뜻대로 따라오지 못하는 걸 재촉하다니.
이렇게 기계 하나 서서히 산산조각 나는 것도 속상한데,

하물며 사람 마음은.

여 덟 켤 레

이별과 동시에 플랫슈즈 세 켤레를 샀다.

그가 내 물건을 회사로 갖다 준 날,
꽤나 충격을 받았는지 단화도 세 켤레를 샀다.
(감기와 엄청난 배탈이 동시에 찾아왔다)

그리고 어제, 회사에서 최악인 하루를
보내고 돌아와 좀처럼 기분이 풀리지 않는데,
도착한 플랫슈즈가 생각보다 마음에 들어서
다른 색상으로 두 켤레 더 주문했다.

이상하다.

스트레스를 받는다고 해서
물질적인 소비로 해소하는 편은 아닌데,
한 달 동안 여덟 개의 신발을 샀다.

말도 안 되는 충동구매 끝에 드는 생각.

괜찮다고 되뇌었지만 늘어난 신발이
내 기분을 대신 해주지 못하는 걸 보면
괜찮지 않다고 인정하는 게 낫겠어.

그러니까 괜찮지 않아도 괜찮아.

시 간

스물다섯 여름, 계절 학기를 신청했다.

매일같이 수업을 듣느라 학생들의 얼굴은 금방 낯이 익었고, 그렇게 3주를 꽉 채울 무렵, 연극개론 오픈 북 시험이 있었다.

시험을 치르고 나가려는데, 사진과 학생이 뒤에서 나를 불렀다. 교재를 놓고 왔는데 괜찮으면 빌려달라는 부탁이었다. 다음 수업도 함께 듣는다는 걸 알고 있어서 그에게 흔쾌히 교재를 건네준 뒤 강의실을 빠져나왔다.

친한 동생과 점심을 먹고 수업을 듣는 건물로 돌아왔을 때였다. 입구에 서 있는 그를 지나치려는데, 그가 먼저 나를 붙잡았다. 그리고 커피 한 잔과 함께 교재를 돌려주며 번호를 물었다. 당황한 나머지 온갖 이유를 둘러댔지만 그는 신경 쓰지 않을 만큼 적극적이었다.

며칠 후 교정을 걸어내려 오는 길에 우연히 마주친 그가 버스 터미널까지 데려다주었다. 그날은 번호를 알려주었고, 이내 계절 학기는 끝났다. 내가 선을 분명히 그어버리는 바람에 연락이 계속되지는 않았지만 신기하게 또 끊겨버리지는 않았다. 일 년에 한 번씩은 짧은 안부를 주고받다가 서른 살 봄이 되어서야 그를 만났다.

결국 이렇게 될 줄 알았더라면 나는 그에게 덜 차가웠을까. 오 년이 흐른 뒤에야 알게 된 사실은 내가 우연이라고 생각했던 만남이 사실 우연이 아니었다(교정에서 그는 나를 기다리는 중이었다고 했다)는 것과 그가 특별한 사람으로 남았다는 것이다. 진심에 비해 존중받지 못한다고 느꼈던 날들이 돌이킬 수 없는 상처로 남을까 봐 다시 시간을 선택한 건 나였다.

다음에 보면 서로 웃으면서 인사하자.

우리는 그렇게 약속했다. 지켜질지 아닐지 당장 알 수는 없지만 자주 그를 그리워한다. 지금 이해가 되지 않는 것들이 먼 훗날 자연스럽게 이해가 되기도 하는 건 순전히 시간의 힘이겠지만 단지 그것 때문만은 아니겠지. 그러니 설명할 수 없는 감정일수록 송두리째 흘러가게끔 내버려둘 필요가 있다. 시간이 충실히 쌓여서 견고해지는 관계도 있지만 시간이 필요한 만큼 절실해지는 관계도 있을 것이다.

이 별

누구의 잘못도 아닌
그냥 그렇게 되어버리는 일.

그 끝엔 결국
더 나은 사람이 되고 싶다는 바람이 있다.

나를 위해서.
언젠가 내 곁에 있을 그 누군가를 위해서도.

쉽지 않으니까 늘
이렇게 다짐을 하는 거겠지.

결 론

얼마나 감정이 크든 간에

그에 걸맞은 행동을 하지 못하면

결국은 아니라는 생각이 든다.

변화는 서서히 오는 것이고 그건 관계 안에서도 마찬가지.

언제가 됐든 말과 행동이 계속해서

엇갈린다면 그가 사랑이라고 한들

나는 사랑이 아니라는 결론을 내리고야 말겠지.

이해와 사랑이 같지 않은 이유.

더　사 랑 하 거 나
덜　사 랑 하 거 나

전 남자친구에게 연락이 왔다. 처음에는 술에 취해서 보고 싶다고 하더니, 두 번째로 전화가 왔을 땐 '너는 참 맺고 끊는 거 잘한다'며 생각보다 잊기가 힘들다는 말을 남겼다. 한 달 사이에 어느덧 세 번째 전화였다. 사귀는 중엔 그 흔한 애정 표현 하나 없더니, 이제 와서 왜 이러는지 이해할 수 없는 사람은 오히려 나였다.

그 연애에서 나는 명백히 사랑을 받는 쪽이었다.

잘 못 챙겨 먹고 다니는 나를 대신해 매번 요리를 해주고, 작업에 집중하는 것 같으면 최대한 연락을 줄여주던 사람. 그런데 표현에 있어서만큼은 너무나 인색했던 사람인지라 나는 만나는 내내 의외로

애를 태웠다. 처음엔 그가 보여주는 행동만으로도 충분하다고 생각했다.

하지만 시간이 흐를수록 나는 그의 사랑을 의심했다. '사랑해. 보고 싶어. 함께 있자. 많이 좋아해.' 그런 말들을 듣고 싶었다. 나는 사랑받고 있다고 느낄 수 있는 표현이 중요해, 그러니 많이 해줬으면 좋겠어, 그렇게까지 말했는데도 그는 달라지지 않았다.

그게 헤어짐의 결정적인 이유가 됐다는 것을 그가 알 리 없었다.

연애는 필연적으로 사랑을 더 주는 쪽과 사랑을 더 받는 쪽으로 나뉜다. 그 상대성이 비등비등하다면 가장 이상적이겠지만 그게 어디 말처럼 쉬운가. 갈등은 어느 한쪽의 감정이 느슨해질 때 찾아온다. 더 사랑한 쪽은 더 사랑하게 되고, 덜 사랑한 쪽은 덜 사랑하게 되기가 쉽다. 그렇게 감정의 중심이 완전히 치우치는 순간, 연애도 마침내 무너져버리고 마는 것이다.

명백히 더 사랑하는 쪽이 되었던 연애는 어땠나.

만난 지 얼마 안 됐는데, 순식간에 식어버리는 그의 감정을 보면서 나는 할 수 있는 한 최선을 다해보자고 다짐했었다. 비가 쏟아지던 새벽, 출근을 하기 전에 그의 집 앞에 들렀다. "껍질이 있는 과일을 진짜 좋아하는데, 씻어 먹기 귀찮아서 안 먹게 돼." 처음 만났을 때 그가 한 말이 쉽사리 잊히지 않았다. 그런 과일들을 사서 씻은 다음 먹기 좋게 잘라 통에 담았다.

타지 생활이 힘든 그가 잠깐이나마 기분이 좋았으면 하고 바랐지만 그것이 마지막 노력이 되어버렸다. 그의 감정이 끝났다는 걸 머리로는 알면서도 마음으로는 받아들이기가 어려웠다. 한 달이 지난 후 우리 둘의 지인으로부터 우연치 않게 그의 진심을 듣게 됐다. 복숭아는 껍질이 있는데, 내가 떡하니 복숭아를 줬기 때문이라나. 이 얼마나 같잖은 이유인가 싶었다.

사랑을 받는 쪽이나 사랑을 주는 쪽이나 결국 헤어지는 이유는 같다. 더 이상 사랑하지 않는다는 것. 우리는 그 분명한 사실을 인정할 수 없어서, 그토록 많은 이유를 찾아 헤매는 걸지도 모른다. 사랑을 받을 때는 '내가 사랑을 충분히 줄 수 있는가'라는 물음이, 사랑을 줄 때는 '내 욕심이었던 지점은 어디인가' 하는 숙제가 남았다. 아직 완벽한 답을 찾지는 못했어도 물음은 물음인 채로 숙제는 숙제인 채로 여전히 의미가 있을 것이다.

그 순 간 의   나 는

진실인지 진심인지 구분 짓지 않을래요.

그 순간만큼은 진짜였으니까.

술 한 잔 의 이 야 기

유학중인 그녀를 만나러 파리를 갔다는 남자.

11일을 머무를 예정이었고, 그동안 관심이 있던 건축물들도 그녀와 함께 본다면 더 의미가 있을 거라고 믿었단다. 하지만 공항에서 재회했을 때 그녀가 평소와 전혀 다른 눈빛으로 자신을 맞이한 것이 남자는 내심 마음에 걸렸다.

혼자 있던 중에 남자는 그녀의 핸드폰을 보게 된다.

때마침 문자 한 통이 왔다. 주고받은 내용이 모두 불어였는데도 남자는 한눈에 둘의 사이가 깊다는 것을 느꼈다. 6년이 넘도록 연애하면서 한 번도 생각해본 적 없는 결말이었다. 그녀는 인정하려 하지 않았고, 남자는 도저히 그녀와 함께 있을 수가 없었다.

한국으로 곧장 돌아갈 만한 항공편을 알아봤지만 편도 티켓이 미리 결제한 왕복 티켓보다 세 배 이상이나 비쌌다. 가구 디자이너로서 첫 공방을 열기 직전이었다. 그 돈이면 돌아가서 필요한 것을 하나라도 더 살 수 있다는 생각이 발목을 잡았다.

남자는 결국 차를 몰고 나가 공항 근처에 새로운 숙소를 잡았다. 룸 컨디션은 비참하기 그지없지, 그녀한테 연락은 계속 오지, 남자는 이러지도 저러지도 못한 채 시간을 죽여야만 했다. 사소한 것조차 마음대로 할 수 없는, 외국이라는 사실이 힘들었다. 남자는 일단 그녀에게 돌아갔다. 걱정되니까 그냥 옆에만 있어달라는 그녀의 말을 들어준 것이었다.

남자는 자주 울었다. 때때로 아무 일이 없었던 것처럼 여자와 함께 이야기를 나눴다. 그곳의 모든 순간이 자신의 감정과는 별개로 무척이나 아름다워서 진심으로 슬펐다. 그렇게 9일이 흘렀다. 남은 이틀 동안 어떻게 지내야 할까, 남자는 그제야 정신이 들었다.

"그래서 그 이틀 동안 뭘 하다가 돌아왔는데요?"

내가 묻자 남자가 한라산 한 잔을 따라 마셨다.

"그녀의 집이 눈에 들어왔어요. 이사한 지 얼마 안 됐거든요. 가구들을 다 조립해주고, 집 구석구석마다 손을 봤더니 다행히 그때만큼은 시간이 금방 가는 거 있죠."

혼자 자주 가는 단골 술집에서 처음 만난 남자의 이야기.

그녀를 예뻐했던, 가까운 사람들에겐 정작 털어놓을 수 없었던 이야기. '받아들일 수는 없지만 그녀를 이해한다'는 남자에게 '바람 폈으면 그걸로 끝이지, 난 절대로 이해할 수 없다'는 선배와 '너무 착해서 그렇다'는 사장님의 아내와 '나였어도 쉽사리 끝내지 못할 것 같다'는 사장님을 앞에 두고, 나 홀로 너무나 쓸쓸해져서 침묵할 수밖에 없었던 이야기.

그날 새벽, 그녀와 완전히 헤어진 뒤 처음으로 취할 만큼 마신 남자는 바짓단이 짝짝이인 채로 술집 문을 나섰다.

두 여 자

서른넷 연이 언니가 짧은 연애를 끝내면서
한 가지 결론을 내렸다.

"이 세상에 좋은 남자는
이미 결혼을 했거나
젊은 여자 곁에 있는 게 틀림없어."

"아, 언니, 그건 아니지.

몸을 위해 노력하지 않았을 땐 몰랐는데
조금씩 건강해지는 나를 보면서

내 곁에 있는 사람도 자신을 돌볼 줄 알았으면 하는
바람이 생기더라고.

생활도 마음도 결국은 마찬가지여서
나에게 좋은 변화가 생기면
똑같은 기준까지는 아니더라도 어느 정도
그 변화에 맞는 사람을 만나게 되는 거 아닐까.

그러니까 언니,
사랑하기에 앞서 스스로를 더 사랑하도록 해봐.

좋은 사람을 만나려면
내가 먼저 좋은 사람이 되려는 노력이 필요해."

거기까지 언니에게 일장연설을 늘어놓다가 픽 웃었다.

비슷한 일을 겪었지만
두 여자의 이토록 다른 결론.

안 정 감

결혼으로 인한 안정감이라는 게 정말 있는 걸까.

회사 대리님이 3월에 결혼을 했는데,
얼마 전 임신 8주를 넘겼다는 소식을 들었다.

요즘의 대리님은 지금껏 봤던
모습 중에서도 제일 편안하고 온화해보여서

이런 이야기를 꺼냈다가
"응? 그럼 내가 전에는 안 그랬어?"라는
말을 듣는 바람에 부연설명을 하긴 했지만

한 가지 확실한 건 예민한 성격일수록

변화가 더욱 크게 느껴진다는 사실.

친구들도 그렇고 대리님도 그렇고

아마도 모를 것이다.

어느 날, 거울을 봤는데 문득

자신의 얼굴이 예전과 달라졌다는 것을.

나이를 먹거나 직장이 자리 잡아서가 아닌,

그 안정감이 깃든 얼굴은

곁에 있는 사람들이 더 빨리 알아채는 법이니까.

사랑하고, 사랑받는 것.

단순해 보여도 인생에서

제일 중요한 일임은 틀림없다.

평 생 함 께 할 사 람

부엌 형광등이 나갔다. 방뿐만 아니라 부엌까지도 스탠드만 켠 채 생활한 지가 오래되어 그냥 됐다가 어느 날 새 형광등을 샀는데, 어쩐 일인지 갈아 끼워도 깜박거림만 심할 뿐이었다. 그렇게 또 해결하지 못한 채 살다가 다른 와트수의 형광등을 끼워도 결과는 마찬가지였다.

"뭐가 문제인 것 같아? 일 년 동안 형광등 한 번 못 켜봤어."

명화와 (이제는 명화의 남편이 된) 재현 오빠에게 메시지와 함께 사진을 보냈다. 사실 나는 주위 사람 모두 다 알 정도로 손재주가 없는 편이다. 가위질은 삐뚤빼뚤 나아질 기미가 없고, 사소한 바느질조차 엉키기 일쑤여서, 하물며 가구를 조립해야 하는 일이라도 생기면 두통이 먼저 찾아올 정도였으니까. 그런 나를 가장 잘 아는 이들이 명화 커플이었다. 십 년 가까이 혼자 살았지만 그래서인지 부탁을 해야 하는 집안일이 있으면 항상 남자친구보다 이 둘을 먼저 찾았다. 그만큼 편안하고 고마운 존재였다.

재현 오빠는 나를 대신해 LED등을 주문했다. 안 그래도 만나기로 한 날이 있어서, 명화 커플이 우리 집으로 왔다. 생각보다 간단히 등을 교체하는 동안 얼마 안 남은 명화 언니의 결혼식 이야기가 나왔다. 언니의 신혼여행 비용을 선물로 대신 내주려고 한다는 명화의 말에 재현 오빠는 그런 건 나하고 상의한 다음 정해야 하는 거 아니냐는 반응으로 받아쳤다.

순식간에 분위기가 싸해졌다. 양평까지 가서 칼국수를 먹는 내내 정적이 흐르더니 자리를 옮겨 카페에 앉았을 때였다. 그 이야기는 다시 나왔다. 단순히 돈 때문이라기보다는 서로의 가정사가 미묘하고도 깊숙이 얽혀 있는 문제였다. 당연히 누군가의 편을 들 입장도 아니었지만 나로서는 둘 다 이해가 되는 문제이기도 했다.

조용한 싸움을 숨죽인 채 지켜보면서 한 가지 사실을 깨달았다. 9년이 넘는 연애 끝에 결혼을 했어도 갈등은 시도 때도 없이 찾아온다는 것. 연애 중일 땐 완벽하게 이해하지 못해도 넘길 수 있었던 부분이 결혼을 하고 보니 걸림돌이 될 수도 있다는 사실이었다. 관계가 변한 것이지 상황이 변한 것은 아니기 때문일 것이다. 명화는 결국 눈물을 보였다. 내가 내심 놀란 것은 재현 오빠의 사과였다. 딱 들어맞는 의미는 아니어도, 또 근본적인 해결책은 아니더라도 이 상황을 일단락시켰으니 그 사과 자체가 다른 어느 때보다 지혜롭게 느껴졌던 것이다.

요즘은 자주 '배우자'에 대해 생각한다. 내가 바라는 동반자가 어떤 모습인가를 그려보는 것만큼 나를 잘 알 수 있는 방법도 없는 것 같다. 물론 원한다고 해서 딱 들어맞는 사람을 만나리라는 보장은 없지만 결혼 적령기가 되고 보니 자연스레 이 물음은 중요해졌다.

그렇다면 나는 어떤 배우자를 만날 것인가. 류대영 선생님의 《파이어스톤 도서관에서 길을 잃다》를 읽다가 특히 이 물음에 대하여 내 마음을 정확히 담아낸 문장이 있었다.

나는 일상을 같이 잘 보낼 수 있는 사람을 고르라고 말해준다.

그러면서 선생님은 덧붙이신다. 일상이란 지루하고, 짜증나고, 귀찮고, 별다른 의미 없어 보이는 일들의 반복이요 연속이기 때문에 그런 일을 수십 년이라도 같이 해낼 수 있는 사람이 좋은 배우자라고. 당장 선생님을 마주한 학생처럼 귀가 곤두서는 대목이었다.

결혼으로 인해 매일이 무조건 행복할 거라는 환상만 버려도 괜찮다. 우리의 일상은 그렇게 드라마틱하지 않기 때문에 사소한 행복과 큰 슬픔을 함께 나눌 줄 아는 사람이었으면 하는 바람이 생겼다. 현실이 될지 안 될지는 알 수 없다. 그래도 나의 바람이 어느 날 어느 때 불현듯 이루어진다면 그야말로 서로가 서로에게 맞춰가야 할 첫 단추라고 믿고 싶다.

축 복

내가 너무나 좋아하는
두 사람이 다음 달이면 결혼을 한다.

어느덧 십 년 가까이 흘렀다.

그들의 오랜 연애가 나에게
아무런 영향을 끼치지 않았다면 그건 거짓말.

내가 어떻게 지냈는지 잘 알아서
지난 이십 대 내내 많은 것들을 채워주었다.

사랑이라든가 영원이라든가,

내가 잘 믿지 않는, 내 안에 자리 잡은

수많은 물음표들에 대해

조금이나마 희망으로 바꿔준 인물이 있다면

이들을 빼놓을 수가 없다.

늘 행복했기 때문이 아니라,

그럼에도 불구하고 함께였기 때문에.

사 랑

나를 보며 웃어주는 사람보다
내가 먼저 웃을 수 있는 사람과 하고 싶은 것.

산 책

단골카페에서 작업을 한 날이면
집으로 돌아가기 전에 산책을 한다.

공원 규모가 꽤 커서 해질 무렵에 길을 나서면
늦은 저녁이 되어서야 처음 들어왔던 방향으로 접어드는데,
오늘, 그쯤에서 한 노년 부부를 마주했다.

손을 잡은 채 어깨를 맞댄 모습이 마치 두 명이 아닌
한 명처럼 느껴졌다. 뭐랄까. 단지 손을 잡았다거나 다정하다거나,
그런 느낌이 아니라 오랜 시간 동안 모진 풍파를 견디고 넘어서
여기 서 있는 것만 같았다.

젊을 때 만나 결혼을 했다면 자식도 있을 테고
그 자식들이 나보다 나이가 많을 수도 있다.
말도 못할 일들 속에서 싸우기도 엄청 싸우셨겠지.
그러니까 그 일들이라는 건 이렇게
몇 자 적어서 될 게 아닌 깊고 큰 상처일 수 있어.

그렇게 생각하다가 주변을 살피기 시작했다.
주말이라 유난히 사람이 많았는데도
그런 느낌의 연인이나 부부는 따로 없었다.

겉으로 보이는 모습을 그저 아름답게만
느끼기보다 그 안에 숨은 시간을 가늠해보는 것 또한
성장이라고 할 수 있을까.

사랑하는 동안 늘 행복할 수는 없을 것이다.
그렇다고 해서 불행하다고는 여기지 말아야겠다.

연애를 시작하는 것보다
지키는 것이 백 배 더 어려운 나는
그 어르신들이 사라질 때까지 이런 마음으로 계속 걸었다.

당 신

사랑이란 어쩌면 거창하지 않을지도 몰라.

예쁨보다는 아름다움, 새벽공기, 일기장, 만년필, 아이들의 뒷모습, 깊은 진심, 컨트리 음악, 빗소리, 커피 한 잔, 혼자 추는 춤, 숲. 이렇게 내가 좋아하는 것들을 쭉 적어내려가다가 그 사이에 '당신'을 집어넣는 일.

수다스러워도 좋지만 완전한 침묵을 나누면 더 좋겠어.

비가 오면 우산을 나눠 쓰고, 조금은 어깨가 축축해진 채로 마주 앉아 와인을 마시는 밤. 언젠가 나에게 그런 밤이 또다시 온다면 좋아한다거나 사랑한다는 말 대신 서로의 손을 포개는 것만으로 충분할 것 같아. 순간순간 서로에게 가닿다 보면 어느새 깊어질 거야.

어떤 책을 다 읽고 난 후에 그런 생각이 들었어. 그러니까 사랑이란 거창할지도 모른다는 기대부터 버려야 한다는 생각.

라 라 랜 드

잊지 마.

현실에 두 발을 단단히 붙이고 있어야
꿈과 사랑도 있지만

꿈과 사랑이 있기에
그 현실이 보다 아름다울 수 있다는 거.

2

환절기 같은 시간

내 삶의 틈새에 관하여

서 른

어렸을 땐 무슨 일이 있어야
특별한 날이라고 믿었는데

지금은 무사히 지나간 하루가
더 소중하게 느껴질 때가 있어.

나 자신은 모른다

"나, 사실은 되게 외로운 사람인가 봐.
혼자 있기 싫어한다는 걸 최근에서야 알았어."

깜짝 놀라고야 말았다.
나는 일찌감치 알고 있었는데,
그 사람 스스로가 모르고 있었다니.

그날의 깨달음 하나.

내 삶의 틈새는
타인이 더 잘 볼지도 모른다는 것.

네 번 째 집

오랫동안 원하던 것이 마침내 이루어진다면 나는 어떤 표정을 지을까.

첫 독립은 양평 시내의 원룸이었다. 부모님의 불화가 깊어져 더 이상 함께 살지 않겠다는 통보를 한 뒤 짐을 싸면서 양평으로 가겠다는 말을 덧붙였다. 반대할 거라는 예상과 달리 엄마는 어디에선가 보증금 삼백만 원을 구해오셨다. 첫 번째 원룸을 보러 갔을 때 엄마와 나는 건물 현관 밖으로 펼쳐진 북한강을 보며 감탄했다. 대로변을 따라 드문드문 자리 잡은 건물 중 하나였고, 그 풍경은 시골에서 살고 싶었던 나의 오랜 꿈을 단번에 만족시켰다.

강가를 어우르는 습기가 사시사철 가득했어도 층간소음은 없었다. 볕이 안 들어 서늘했던 창가는 봄이 오자 기운을 달리했다. 꾹 닫아놓았던 창문을 연 4월의 어느 날, 나는 소리 없는 탄성을 질렀다. 키 크고 앙상했던 나무에 이름 모를 꽃이 주렁주렁 열려 있었던 것이다.

그해 봄과 그 이듬해 봄에도 나는 팔을 뻗어 손바닥 가득 꽃가루를 묻힐 수 있는 날들만 기다렸다. 방 안으로 금방이라도 뛰어들어 올 것만 같은 나무를 보며 독서를 했다. 바람이 어찌나 요란한지 얼마 못 가 다 떨어지고 말았지만 그것이 그곳에서 내가 누렸던 최고의 행복이었다.

몇 년 후 새로 입사한 회사의 출퇴근 시간을 따지자니 변화가 필요했다. 그래서 두 번째 집은 신림역에서 마을버스를 타고 들어가야 하는 곳에 구했다. 이번에는 창문이 아닌 베란다가 있는 데다가 풀옵션이었다. 1층 현관과 집 문 모두 최신식 번호 키 잠금장치였다. 그런데도 나는 자주 불안해했다.

양평의 매서운 바람소리가 잠을 깨우는 밤들은 가셨지만 문제는 바람이 아니었다. 누군가가 이 집 안 어딘가에 있다는 사실만으로도 안도하며 잘 수 있는 온기가 간절했다. 게다가 집으로 오는 길에 신림역이라는 번화가를 지나쳐야 한다는 사실은 나에게 명백히 스트레스가 되었다. 공원이며 길이며 동네까지 삭막하다는 느낌을 지울수 없었다. 계약기간을 겨우 채운 뒤 나는 유년시절을 보냈던 곳으로 돌아와 세 번째 집을 구했다. 작업할 때 쓰고 싶었던 큼지막한 나무 책상 두 개와 손수 조립해야 하는 책장부터 주문했다. 얼마나 바랐던 일이었는지 한동안 책상만 봐도 기분이 좋아졌다.

이십 대를 통틀어 세 번의 이사를 했으니 많은 횟수는 아니다. 하지만 처음 자리 잡았던 곳에서 결혼할 때까지 살겠다던 다짐을 생각하면 적은 횟수도 아니다. 지금껏 살았던 집들을 생각하면 공통점이 있으니, 창문은 있으나 그 창문이 창문답지는 않았다는 것이다. 세 번째 집 또한 지층 창살 때문에 블라인드부터 제작했으니 더더욱 그랬다.

나는 여전히 세 번째 집에서 산다.

지난 주말에는 모처럼 비가 내려서 잠결에 빗소리를 들었다. 보지 못한 채 듣기만 하는 빗소리는 내가 빗방울의 일부가 되어 여기저기 부딪치는 느낌이라는 것을 이 집이 아니었다면 몰랐겠지. 마음이 넘치지도 않고 부족하지도 않다. 가진 게 많지 않다. 가진 게 적지도 않다. 언제나, 모든 것이 괜찮다. 그래도 집에 대해서만큼은 늘 원하는 것이 있었다. 조금씩 채워지며 여기까지 왔지만 또다시 원하는 것이 생겼고, 그 바람은 전에 없이 선명해졌다.

부디 네 번째 집은 햇살이 잘 들었으면 좋겠다. 이왕이면 시골로 돌아가고 싶다. 창밖으로 울창한 나무가 휘청거리기라도 하면 눈을 들어 기꺼이 함께 흔들리겠다. 원하는 것이 현실이 된다면 글쎄, 그렇게 좋아하지 않을 수도 있다. 어쩌면 먼 훗날을 상상하는 지금이 더 즐거울지도 모른다. 그러니 작은 소망이라는 이름을 붙여두고 싶다.

어 떤   오 해

늦게 퇴근하는 밤이면 청하 한 병을 산다.

매번 소금을 넣고 반신욕을 했는데, 잡지에서 발효주가 입욕제로 좋
다는 글을 본 뒤였다. 집에서 제일 가까우면서도 규모가 있는 마트
는 열 시에 문을 닫았다. 그렇다고 24시간 마트에 가기엔 동선이 번
거로워서 나의 선택은 늘 집으로 올라가기 직전에 있는 편의점이
었다.

그러던 어느 날, 편의점 옆 골목에 작은 마트가 생겼다. 새벽 한 시
가 다 되도록 불이 환하게 켜져 있기에 자주 그곳에 들렀다. 주인아
저씨와 인사를 하다가 사소한 대화를 나누며 조금 편해지기도 했다.

계산대 위로 청하와 함께 과일을 내려놓을 때 아저씨가 말했다. "한동안 아가씨가 안 와서 청하가 잘 안 빠졌잖아."

"네? 저, 이거 마시려고 사는 거 아닌데요."

술병과 아저씨를 번갈아 보다 말고 그렇게 중얼거렸다.

"에이, 하루에 한 병 정도는 괜찮지."

아저씨는 허허 웃으며 한마디를 더 보탰다. 거 참 이상하네. 분명 사실인데 어딘가 모르게 변명 같아졌다. 우리는 얼마나 서로를 규정지은 채 살아가는 걸까. 건강해지기 위한 소비를 했지만 아저씨의 그 말이 재미있어서 집으로 돌아오는 길에 자꾸만 비닐봉지를 들여다보았다.

블 루 재 스 민

월급이 조금 더 오른다면
예쁜 옷을 마음대로 살 수 있다면
작업을 하나만 더 할 수 있으면
남자친구랑 싸우지만 않는다면

… 지금보다 더 살 만할 텐데.

그렇게 행복을 바깥에서 채우려다 보니
무언가가 실현되었을 때의 기쁨은 금세 시들해졌다.

영화 〈블루 재스민〉 속 재스민은

능력 있는 남편을 만나 초호화 생활을 했다.

남편은 알고 보니 사기꾼이었고
심지어 여성 편력이 굉장했는데,
그 모든 사실을 알게 된 재스민의 삶은
완전히 무너져 내린다.

삶은 소유하는 게 아니라 존재하는 것.

몸에 밴 허영과 그릇된 자존심 탓에
새롭게 정착하려 하지만 쉬울 리 없다.
재스민은 이제 혼잣말이 낯설지 않다.
히스테릭한 자신을 어쩌지도 못한다.

한 가지 이상했던 점은
나는 미혼이고 당연히 남편도 없는 데다가
부자였던 적도 없는데
영화를 보는 내내 뜨끔했다는 거.

내 안의 재스민을 들킨 기분이랄까.

그 런   사 람

언제까지고 물질적인 소비보다
정신적인 경험을 지향했으면.

내가 사거나 가지고 있는 것들로 나를 규정짓기보다
다만 내가 이루고자 노력하는 일들로
나라는 사람이 존재했으면.

그게 진정한 행복이라는 것을
지나가는 바람처럼
문득 깨달으며 살았으면.

무 리 수

만년필을 세척해놓고
와인과 함께 책을 읽다가 펑펑 울었다.

그리고 다음 날,
지구 반대편에서 이런 연락을 받았다.

"언니.

가끔 나에 대해, 주변 모두에 대해서
회의감이 물 밀려오듯 밀려올 때가 있어요.
오랜만에 이런 기분이 들어서

일기를 썼는데, 그런 감정이 나에 대한
불 이해에서 오는 것 같더라고요.

그래서 얼마나 더 살고 겪어야 나를
온전히 이해할 수 있을까 생각을 해봤는데
나뿐만이 아니라 모든 사람이 죽을 때까지 자기를
온전히 이해하지 못할 것 같다는 생각이 들었어요.

재작년부터 사는 게 너무 어려워서
엄마한테 세상이 숫자로 이루어져 있으면
좋겠다는 말을 자주 했어요.

그런데 숫자에도 무리수가 있잖아요.

결국 어떠한 것에도 정답은 없는데,
자기 자신만의 정답을 만들어가면서 사는 게
삶일 텐데, 나는 그게 참 어려운 것 같아요.

삶이 단순하지 않으니
단순하게만 살 수는 없는 거겠죠.

그래서 가끔 고민을 하게 되는 거겠죠.

어쩐지 언니에게 얘기하면 조금 나을 것 같아서
잠들기 전에 연락했어요."

읽다 말고 눈시울이 붉어졌다.

네가 지금 그렇구나, 하고 들어주다가
일기장을 처음부터 찬찬히 넘겨보았다.

내가 쓰는 문장들이 사실은 외롭다,
슬프다, 는 말을 대놓고 하지 못해서
생겨난 것이 아닐까 싶은 생각이 들었다.

이런 밤도 있고 저런 밤도 있는 거겠지.

네가 부디 잘 잠들 수 있기를 바랐고,
끝나지 않을 것만 같았던
그 밤도 이렇게 지나갔으니.

서 른 ,
여 름

지금의 저는요.

참 좋은 나이인 것 같아요.

그런데 그 사실을 알아서 더 좋은 것 같아요.

무 심 한   척

며칠을 아프다가 퇴근한 그대로 잠이 들었다. 새벽 다섯 시에 겨우
눈을 떠서 세수를 하는데, 문득 〈중경삼림〉이 떠올랐다.

내용이 정확히 뭐였더라. 약기운 때문에 영상을 찾아보던 한 시간
동안 그런 생각을 했던 것 같다. 좋아하는 음악이라거나 대사 대신
거리감을 두고 얼굴을 맞대는 양조위와 페이가 전에 없이 눈에 박
혔다.

아무래도 나, 나이를 먹었나 보다. 셀 수 없이 봤지만 그들의 눈빛이
이제 와서 앳되고도 맑게 느껴지는 걸 보면.

좋아하면서도 양조위에게 무심한 척하는 페이가 마음에 걸렸다. 우리는 우리에게 일어나는 대부분의 일들에 대해 무심한 것이 아니라, 사실은 무심한 척하고 있을지도 모르는데. 있는 힘껏 서로의 곁을 스쳐지나가면서 잃어버리는 것들을 다만 놓아버리는 것이라고 착각할지도 모를 일이다.

영화를 찾아봐야지. 그렇게 가물가물 잠들었다가 깨고 나서 다시 생각했다. 영화는 분석하는 게 아니라 느끼는 거니까, 지금은 이대로도 괜찮다고.

누구일까

버스를 타고 강변역으로 가려면
늘 똑같은 아파트를 지나친다.

낮은 담장 안으로 좁은 길과 함께
베란다가 한눈에 보이는데,
그중에서도 유난히 눈길이 가는 집이 있다.

평범한 공간을 비밀의 정원처럼
정성스럽게 가꿔놓은 사람.

셀 수도 없는 화분을

집 안이 아닌 베란다 바깥으로,

그러다가 길가로 내어놓은

사람은 누구일까.

누구이기에 이토록 아름다운 마음을

자신의 안에서 밖으로 꺼내놓았을까.

언 젠 가 는

회사 일이 무리가 됐는지

오른쪽 목과 어깨가 아프더니

며칠 전부터는 반대쪽이 말썽이다.

고개를 돌리기 힘들 정도여서

침을 맞은 뒤 근처 카페에 커피를 사러 갔다.

우리는 나이가 들면서 변하는 게 아니다.

보다 자기다워지는 것이다.

복잡하게 생각하지 마세요.

언젠가는 지나갈 일들인데요. :)

스트레스 받지 말구요.
엉킨 건 차근차근 풀어요.
그렇게 기분도 풀어요.

창가에 붙어 있는 문장들을 읽다가
사진을 찍으니 주인아주머니가 덧붙였다.

요즘 막둥이가 손글씨에 재미를 붙여
하나하나 문구를 붙이기 시작했는데,
글씨를 일부러 저렇게 어른처럼 써놨다고.
그 막둥이가 몇 살이냐고 물었더니
중학교 1학년이라고 했다.

생각보다 어린 나이를 듣고 놀란 나는
아주머니와 함께 잠깐 동안 웃었다.
그리고 바로 앞 정류장에서 버스를
기다리는 사람들을 보며 속으로 중얼거렸다.

애야. 서두르지 마.
원하지 않아도 어른이 되어야만 할 때가 온단다.

밥

긴 독립생활 동안 식습관에도 큰 변화가 있었다.

양평에 살았을 적엔 횡단보도 하나만 건너면 시내였던 터라 5일장
을 시도 때도 없이 드나들었다. 유난히 손님이 많은 가게에서 두부
를 사 와 된장국을 끓여 먹거나 떡집에서 가래떡을 맞춰 냉동고 가
득 채워놓고 먹기도 여러 번. 그때까지만 해도 낡은 전자레인지와
함께 이것저것 요리하는 재미가 있었고, 반찬을 사 와 밥만 따로 하
는 일이 그다지 어렵지 않았다.

서울로 올라와 회사일과 작업을 병행한 뒤로는 식습관만큼 엉망이
된 것도 없었다. 늘 밥보다 잠이 우선이었기 때문이다. 귀가할 때면

즉석 식품을 사 와 책상 앞에서 끼니를 때우다가, 몸이 팍삭 망가지고야 말았다. 그렇게 몇 년 동안 까맣게 잊고 있던 전기밥솥을 꺼냈다. 하지만 채소며 반찬이며 채 반도 먹지 못하고 버리는 일이 많아져 이 또한 오래가지 못했다.

지금은 아침 대신 케일 스무디를 마신다. 점심과 저녁 중 한 끼를 든든하게 먹으면 나머지 한 끼는 가볍게 먹는다. 때때로 야식을 먹기도 하지만 현재 나의 식습관은 앞선 두 문장에서 크게 벗어나지 않을 만큼 안정되어 있다. '무엇을 먹느냐'만으로도 지난 생활을 어느 정도 이야기할 수 있다니, '밥'은 그래서 지겨우리만치 반복되지만 우리의 삶에서 빼놓을 수 없는 중요한 일상일 것이다.

얼마 전, 〈빵과 스프, 고양이와 함께하기 좋은 날〉이라는 일본 드라마를 봤다.

출판사 편집부에서 일하던 아키코는 권고사직에 버금가는 엉뚱한 부서 발령과 갑작스러운 어머니의 죽음으로 인해 이 변화들을 어떻게 받아들일 것인가를 고민하게 된다. 어머니가 운영하던 가게를 자신이 욕심 부리지 않고 즐겁게 일할 수 있는 샌드위치 가게로 탈바꿈하면서, 아키코는 1부가 끝날 때쯤 이런 혼잣말을 한다.

"자신만의 방식으로 가게를 꾸려가는 것.

그것이 지금 저의 결심입니다."

4부작이 전개되는 내내 그 결심을 잔잔하게 보여줄 뿐 이렇다 할 갈
등은 없었다. 의외로 이 드라마가 각별했던 건 아키코가 혼자 밥을
먹는 장면 때문이었다. 어떤 목적에 의해 혹은 어쩌다 한 번 나오는

장면이 아니라, 드라마는 매일 저녁마다 홀로 반주를 하는 아키코를 계속해서 보여준다. 그녀는 누군가를 위해서뿐만 아니라 자기 자신을 위해서도 요리를 할 줄 아는 사람. 침묵 속에서 어딘가 모르게 쓸쓸해 보이지만 그렇다고 굳이 누군가로 채우지 않는 단단함을 보며 나는 그녀가 자기 자신과 정말로 친하구나, 하고 느꼈다.

나는 나 자신과 얼마나 친할까?

이 사회를 살아가기 위해 내가 맺기 시작한 물리적인 관계들만 필요 이상으로 중요하다고 여겼던 건 아닐까. 자기 자신과 우선적으로 친한 사람이야말로 친구를 사귀든 연애를 하든 건강한 관계를 유지할 수 있는 거겠지. 드라마를 다 보고 나서는 그런 생각을 했다.

오늘은 뭐 먹을까 하다가 좋아하는 팥죽을 사 먹었다. 반복되는 물음이지만 그때그때 먹고 싶은 음식이 다르니, 내일이 오면 또 고민할 게 틀림없다. 그래도 나는 전에 비해 혼자 먹는 밥이 분명 편안해졌고, 즐거워졌다. 그 마음의 팔 할은 아키코 덕분이라고 봐야겠다.

어른이 된
어린 왕자

"별이 아름다운 건 어딘가 보이지 않는
꽃송이를 숨겨놓고 있기 때문이야.

사막이 아름다운 건 어딘가에
우물이 숨겨져 있기 때문이야.

어두운 눈으로 보면 마음도
어두워지기 때문에 인생길을 갈 수 없어."

이렇게 말하던 어린 왕자가
어른이 된 모습을 상상이나 했을까.

영화 〈어린 왕자〉를 보다 보면
어린이가 더 이상 존재하지 않는 세상이 오는데,
그곳에서 어린 왕자는 미스터 프린스가 된다.

370번째 해고를 당한 뒤 371번째 직장을 다니는,
자주 울고, 비관적이며, 또다시 일자리를 잃을까
전전긍긍하는 그를 보면서 처음엔 웃었다.

'맞아. 정말 저럴지도 몰라!'
그렇게 생각하다가 조금씩 외로워졌다.

소중한 것들은 이미 배웠다.
시간이 흐르면서 다만 잊고 있었을 뿐.

허 한 날

'강승원 1집 만들기 프로젝트'에 관심이 있어 싱글 앨범이 나올 때
마다 찾아 듣는다. 한 사람이 만들었다고는 믿기 어려울 만큼 색깔
이며 스타일이며 제각각인 노래를, 매번 다른 가수가 부르는데, 처
음엔 그저 오랫동안 지켜보기에 재미있는 협업 프로젝트라고 생각
했다.

몇 달 전, 이 프로젝트의 이름으로 '안드로메다'라는 곡이 발표됐다.

가수 성시경과 배우 정유미가 함께 불렀는데, 의외의 조합에 놀란
한편 신기하기도 했다. 이전 작업들을 하면서 (일면식은 없어도) 정
유미라는 배우가 얼마나 사랑스럽고 노래를 잘하는지는 익히 알고

있었지만 어떻게 이번 앨범에 참여하게 되었는지 내심 궁금했던 것이다.

그런데 어느 날, 우연히 보게 된 〈유희열의 스케치북〉에서였다.

"안녕하세요. 오늘 데뷔한 신인 가수 정유미입니다."

깜짝 출연한 그녀는 '안드로메다'를 부르게 된 계기에 대해 이렇게 대답했다.

"제가 제의를 받은 날이 뭔가 되게 허한 날이었어요.
〈부산행〉영화 관객이 천 만이 넘었는데 그렇게까지 저한테 달라지는 게 없더라구요.

그때 갑자기 강승원 감독님이 전화로 '노래 하나 할래?'라고 하셨어요.
평소 같으면 못한다고 했을 텐데 이거라도 해볼까 싶었죠."

예상치 못한 대답이었다. '이거라도 해볼까 싶은' 마음이 든 게 완벽하게 준비된 순간이 아닌, 허한 날이었다는 사실이 중요했다. 달라진 게 없다고 했지만 그녀가 행복하지 않다는 뜻은 아닐 것이다. 새로운 일을 시작하거나, 나의 세계를 확장시키는 힘이 그저 기쁜 날보다 그런 날 생긴다는 게 위로가 되었다. 분명 나름대로의 의미가 있기에. 예전에도 있었고 앞으로도 있을 수많은 작품이 어쩌면 누군가의 허한 날이 쌓이고 쌓이다가 찬란하게 탄생했을지도 모르니.

태 풍 이   지 나 가 고

그럼에도 불구하고

매일매일 명랑하게.

태풍 속에서 머무르는 한

앞으로 나아갈 수 없으니까.

편 의 점   인 간

무라타 사야카의 소설《편의점 인간》에 나오는 후루쿠라 게이코는 18년 째 같은 편의점에서 아르바이트를 하고 있다. 대학은 나왔지만 제대로 된 취직을 한 적도, 연애를 한 적도 없다. 학창시절에 겪었던 몇몇 일들로 인해 게이코는 자신이 다른 사람들과 다르다(보편적이지 않다)는 것을 깨닫지만 사실 무엇이 정확한 문제인지는 모른다.

그저 부모님의 염려를 줄이기 위해 말을 아끼는 방법을 택했고, 오래전, 환한 어항같이 텅 비어 있던 공간이 편의점으로 탈바꿈하는 모습을 보면서 일말의 흥미를 느꼈다. 그렇게 오픈 후 직원으로서 지원을 했던 그곳에서 게이코는 안정을 찾는다.

그녀가 편의점을 떠나지 못하는 이유는 명확하다. 정해진 매뉴얼대로만 일을 하면 '정상적인 사람처럼' 살아갈 수 있다는 것. 하지만 서른여섯이 되면서 이마저도 주위 시선에 부딪친다. 어느 날, 지팡이를 짚은 단골 할머니가 바구니를 계산대에 올려놓을 때였다. 눈을 가늘게 뜬 채 "여기는 변함이 없다"는 할머니의 말에 잠시 사이를 둔 게이코는 "글쎄요"라고 대답한다.

점장도, 점원도, 나무젓가락도, 숟가락도, 제복도, 동전도, 바코드가 찍힌 우유와 달걀도, 그것을 넣는 비닐봉지도, 가게를 오픈했을 당시의 것은 이제 거의 남아 있지 않다. 줄곧 있긴 했지만 조금씩 교체되고 있다. 그것이 '변함없다'는 것일지도 모른다.

이 부분에서, 연애는커녕 결혼도 못하고 변변한 직업도 없는, 말하자면 비정상의 표본인 것처럼 보이는 그녀의 통찰력에 놀랐다. 어떤 단어가 살아 있는 것처럼 다가오는 건 그만큼 흔치 않은 경험이기 때문이다. 때에 따른 절차를 밟고, 정상의 범주에 있으면서도 무언가를 오래 들여다보는 일이 어디 흔한가. 변함없다는 것은 정말로 아무런 일이 없는 게 아니라 게이코처럼 모든 것이 서서히 변하고 있음을 기민하게 알아차리는 상태일 수도 있다.

그런 의미에서 하는 말이지만 요즘 들어 (주로 회사에서) 결혼 안 하냐고 묻는 어른들이 많다. 여기엔 중요한 점이 있다. 가까운 사람들은 정작 꺼내지 않는 주제를, 나를 잘 알지도 못하는 사람들이 궁금해한다는 것이다.

그런데 그 궁금증이 진짜라기보다 단순한 질문에 그치는 경우가 비일비재하다. 정상과 비정상의 경계를 가르며 우리는 얼마나 보이지 않는 화살을 당기고 있을까. 그 무수한 질문이 상대방에게 상처가 될 수도 있다는 것을 아는 사람은 또 얼마나 될까.

나는 게이코를 보며 편의점 인간이고 아니고를 따지기보다 자신의 시공간을 깊은 시선으로 볼 수 있는 인간인가 아닌가를 생각했다. 게이코는 결국 편의점에 남기를 선택했지만 누구에게도 피해를 주지 않았다.

힘

어떤 문장에 힘이 있다는 건
그 문장을 쓰게 만든 사유도,
그 사유를 가능하게 한 생활도
결국 힘이 있는 것이라고 믿는다.

모든 것이 완벽하지 않고,
당장은 무언가가 드러나지 않더라도.

고 민 이 있을 땐
눈 덩 이 를

눈이 펑펑 오는 어느 날 밤, 두더지는 고민에 빠져 길을 걷기 시작했
다. 머리 위로 눈이 쌓이는 것도 모른 채 걷다가 문득 할머니가 해줬
던 말을 기억했다.

"얘야, 고민이 있을 때면 눈덩이를 굴려보렴."

그래서 두더지는 눈덩이를 굴렸다. '난 왜 친구가 없을까?' 생각할수
록 눈덩이는 돌이킬 수 없을 만큼 불어났다.

김상근의 그림책 《두더지의 고민》을 읽게 된 건 이런 표현이 눈에
띄어서였다. 북트레일러를 봤는데, 특유의 섬세하고도 따뜻한 색감

에 반해 정확히 말하면 읽었다기보다 봤다고 해야 맞을 것이다.

사실 어른이 된다고 해도 고민의 무게는 줄어들지 않는다. 사소한 것부터 심각한 것까지, 우리는 누구나 그림책 속 두더지처럼 매일매일 걱정을 안고 살아가니까.

제일 특별했던 장면은 눈덩이 속으로 들어왔던 개구리, 토끼, 여우, 멧돼지, 곰 모두가 한자리에 모여 친구가 된 후에도 각자 다시 눈덩이를 굴리는 모습이었다.

내가 고민을 키웠지만 반대로 생각해보면 고민도 나를 키웠다. 돌이켜 보니 수많은 눈덩이들이 그랬다.

그 것 은 회 복 이 었 다

백두산에서 삼십 년 가까이 수만 그루의 나무를 심은 할아버지가
있다.

할아버지는 어린 시절 가난한 집안 형편 때문에 학교에 다니지 못
하고 광부가 됐다가 벌목공으로 전직했다. 그리고 스무 살부터 은퇴
할 때까지 삼십 년을 일했다. 당신이 나무를 심은 계기는 수령이 백
년 이상인 나무를 베어내는 생활을 하다가 문득 깨달은 사실 때문이
었다.

내가 자연을 파괴했구나.

실제로 할아버지가 마흔여덟 살이 되던 해, 주위에 가득하던 나무가 모두 사라졌다. 산이 민둥산으로 바뀐 모습에 당신은 자기 자신을 죄인이라고 여기게 되면서 속죄하는 심정으로 죽을 때까지 십만 그루의 나무를 심기로 결심했다.

이 기사에서 탁하고 친 건 그 다음 상황이었다.

그는 결심을 즉시 행동에 옮겨
나무를 베어낸 자리에 처음으로 나무를 심었다.

이렇게까지 자신의 감정이 어디에서 오는지 정확하게 아는 사람이 생각보다 많지 않기 때문이다. 나아가 실천을 하는 건 더더욱 어려운 일이다. 내 목소리를 정확히 내기까지는 처음 그 감정이 일어난 자리를 정확히 들여다보고 솔직해져야 하니까.

요즘 할아버지는 신문이나 방송을 통해 알게 된 황사 발생지나 홍수 피해지에 찾아가 나무를 심는다고 한다. 나무를 심을 면적이 늘면서 집 근처에 작은 농원을 차리고 스스로 묘목까지 가꾸게 됐다고 하니, 그런 의미에서 할아버지는 속죄가 아니라 회복을 해나가는 것 같다.

이 름

보통 늦게 출근하는 날이면 선릉역부터 회사까지
여유 있게 걸어가는데, 어제는 시간이 애매해서 택시를 탔다.

"경복아파트 사거리로 가주세요."

그렇게 말하고 창밖을 볼 때 택시 아저씨가 말했다.

"이름은 참 무서운 거예요."

무슨 뜻인지 알아차린 순간
그 한마디가 묵직한 울림으로 다가왔다.

지금 그 자리에 더 이상 경복아파트는 없으니까.

새로운 아파트가 들어섰고, 그때의 명성은 사라졌지만
그래도 그곳을 가려면 달리 표현할 방법이 없어서
(무엇보다 위치가 애매하다)
나 또한 경복아파트가 입에 붙은 지 오래였다.

이름 하나로 길을 찾아가다니,
지나간 시간의 힘이란 사실 얼마나 대단한가.

이름이 이름으로만 남기까지의 첫 마음은
또 얼마나 중요한가에 대해서 문득 생각해보는 오후.

유 서

안 좋은 기운이 한꺼번에 몰려오던 시기였다.

2017년이 시작됨과 동시에 이전과는 다른 성질의 작업까지 병행하
자니 몸과 마음이 모두 바닥을 쳤다. 굳이 티를 내지는 않았지만 속
을 끓는 게 느껴졌나 보다. 오래전부터 알고 지내던 선배가 대화를
나누는 자리에서 넌지시 물었다. 집으로 돌아가면 유서를 써보는 게
어떻겠느냐고.

'엥? 유서라니요?'

내 표정을 읽은 선배는 한 가지 조건을 덧붙였다.

가까운 사람들이 나와 관련된 일들을 수월하게 처리할 수 있도록 오로지 사실로만 채워야 한다는 것. 이래서 억울하고 저래서 슬프다는 식의 감정은 일체 배제하고, 빚과 재산 등을 어떻게 할 것인지를 적어보라고 했다.

"사람들은 자기가 무조건 100세까지 사는 줄 알지, 당장 코앞에 숨이 끊어지면 어떻게 될지 모르는 게 인생이야. 왜 영혼이 구천을 떠돈다고 하겠어? 갑작스러운 죽음 앞에서는 그 누구도 진짜 하고 싶은 말을 전할 수 없기 때문이야."

그날 밤, 책상에 앉아 A4용지 한 장을 꺼냈다.

1. 빚은 없음.

2. 지금 살고 있는 집의 보증금은
엄마가 준 것이니, 엄마에게 다시 돌려준다.

3. 얼마 되지 않는 돈은
부모님에게 절반씩 나누어드린다.

내 유서는 이걸로 끝이었다. 가진 것이 많은 사람일수록 골치가 아 프겠지. 앞으로 수정되거나 추가될 항목이 생길지도 모른다는 생각 을 하면서 잘 살아야겠다고 다짐했다.

그로부터 한 달 뒤, 소중한 친구로부터 선물을 건네받았다.

손수건으로 정성스럽게 싼 무언가를 풀어헤치니 《지리산 스님들의 못 말리는 행복 이야기》, 《지리산 스님들의 못 말리는 수행 이야기》 라는 책이었다. 그 책들을 천천히 읽는데, 선배가 왜 유서를 써보라 고 했는지 제대로 깨달았다.

잘 살기 위해서가 아니라 잘 죽기 위해서였구나.

'내 유서는 분홍색 서랍장 첫째 칸에 있으니 알아둬'라고 말하는 순 간, 나는 세상에 대한 욕심을 조금쯤 내려놓게 되었을까. 책상 위에 는 유서를 담은 봉투가 그대로 있다.

그게 거기 있음을 사실은 아무에게도 말하지 못했다.

유 리 병 너 머 의   바 다

거센 파도로 인해 배가 난파를 당하면서
한 남자가 무인도로 떠밀려온다.

바다에 뗏목을 띄우기를 여러 번,
알 수 없는 존재가 뗏목을 부셔버리는 바람에
남자의 탈출은 계속해서 무산된다.

세 번째 뗏목이 산산조각 났을 때에야
남자는 그 알 수 없는 정체를 보게 된다.

붉은 거북이 모습을 드러냈기 때문이었다.

화가 난 남자는 모래사장으로 올라온
붉은 거북의 등을 뒤집어버린다.

놀라운 일은 죽어버린 붉은 거북이
아름다운 여자로 변하면서 일어났다.

남자와 여자는 아들을 낳는다.

모든 날들이 평탄하지는 않았지만
많은 시간이 흘러 부부는 노인이 된다.

남자는 결국 섬에서 숨을 거두고
남자의 옆에서 흐느끼던 여자는
다시 붉은 거북이 되어 바다로 돌아간다.

마이클 두독 드 비트의 애니메이션 〈붉은 거북〉은 이 서사가 전부
다. 단순하지만은 않다. 하지만 모든 장면이 섬세하고 황홀해서, 러
닝타임 내내 대사 한 마디 없어도 지루하지 않았다.
남자와 여자가 어린 아들과 함께 해변을 거닐던 날, 먼 바다에서 유
리병 하나가 흘러내려온다.

동그란 몸통에 목이 긴 유리병을 든 채 고개를 갸웃거리는 아들을 보며 남자는 산을, 여자는 바다를 그려 보인다. 어린 아들에게 이곳 너머의 세계는 미지일 뿐이었다.

아들은 어엿한 성인이 됐다. 새떼가 그악스럽게 울고 바닷물이 모두 쏠려나가는가 싶더니 쓰나미가 왔다. 섬은 한순간에 초토화가 되어 버렸다. 언제 그랬냐는 듯이 모든 것이 제자리를 찾은 뒤에 아들은 결국 섬을 떠난다.

이곳 너머의 세계는 변화 그 자체여야 한다.

아들은 영영 남자와 여자를 볼 수 없을 줄 알면서도 바다로 나아가 거북이의 등에 업힌다. 언젠가 유리병을 들어 저 먼 수평선을 비춰 보는 순간, 바다가 더 이상 예전과 같지 않았기 때문이리라. 지극히 사소한 물건을 통해 가닿지 못한 세계를 꿈꾸다니, 변화가 행동으로 이어지기까지의 힘이 차츰 고이는 것 같아서 그 장면이 좋았다. 삶의 일정 부분이라도 바꾸기 위해서는 지금껏 살아온 것보다 더 큰 에너지를 써야 한다는 사실을 아는 사람 같아서였다.

Dancer

문신을 가리지 않고
자신만의 무대에 선 순간,

세르게이 폴루닌은
처음으로 갇혀 있는 사람이 아니었어.

천재적인 재능으로부터
비로소 자유로워진 거야.

있 는 것 은 아 름 답 다

"어머니는, 밝은 표정으로 다녀라,

그러면 사람들이 네 구두가 아니라

네 표정에 주목한다, 라고 말씀하시곤 했어요."

이젠 이 세상에 없는 오디스가

꼭 내 손을 잡고 말해주는 것만 같았어.

냄 비   화 분

한 이 년 전인가. 귀가를 하던 중에 친구와 함께 집 근처 식당에 들러 라볶이를 주문한 적이 있다. 아주머니 혼자 하는 밥집이었는데, 가게 앞으로 분식 좌판이 있어 언젠가 한번은 들러봐야지 했던 곳이었다.

그날, 금방 만들어져서 포장될 줄 알았던 라볶이는 오십 분이 넘도록 나오질 않았다. 골목길에 깜빡이를 켠 채 차를 세워둔 친구는 물론이고 나 또한 당황하긴 마찬가지였다.

우리 앞으로 주문이 하나쯤 더 있었나, 정확히 기억은 나지 않지만 허둥지둥한 나머지 불안해보였던 아주머니의 모습만은 선명히 남았다. 면만 끓여서 좌판에 있던 떡볶이 국물과 섞는 모습에 한 번, 맛이 너무 없어서 두 번 놀랐다.

그때 이후 다시는 그곳에 가지 않았다. 그리고 며칠 전, 골목을 다시 나가기가 애매해서 그 식당에 들어갔다. 참치김밥을 주문한 뒤에 조금은 미심쩍은 채로 살펴보자니 역시나 아주머니의 음식 만드는 모습은 변함이 없었다.

맛이 없을 수도 있겠다는 생각을 하며 나오는데, 바닥이 탈 대로 탄 냄비 화분이 보였다. 흙을 부어놓은 가운데 꽃이 활짝 피어 있었다. 아주머니가 만들어놓은 그 냄비 화분이 "다음에 또 와요"라는 말보다 강렬했던 건 예상치 못한 반성과 온기를 느껴서였다.

누군가에 대해 말하는 방법은 여러 가지이지만 이왕이면 그 사람에 대한 사소하고도 따뜻한 장면을 기억하고 싶다. 쉽게 말한다거나 부정적으로만 판단하기보다, 나에게 있어서도 그 편이 더 좋은 일일 것이다. 아주머니는 솔직히 요리를 잘하지 못했다. 김밥 한 줄을 만드는 데도 오래 걸렸다. 그러나 동시에 냄비 화분을 만들 줄 아는 사람이었다. 그날은 마지막 사실만 마음에 남아서, 아주머니의 김밥을 더 맛있게 먹을 수 있었다.

음 과 음 은
연 결 되 어 있 다

"아마도 태어날 때부터 알고 있었던 것 같아요. 삶이 원래 그렇다는
걸요. 갈등과 즐거움이 함께 있고 조화와 부조화가 공존하죠. 그게
삶이에요. 벗어날 수 없어요. 음악도 마찬가지예요. 음악에도 화음과
불협화음이 있어요. 불협화음 후에 들리는 화음은 더욱 아름답게
느껴져요. 불협화음이 없다면 어떨까요? 화음의 아름다움을 모르게
되겠죠."

일부러 헤드폰을 썼지만 세이모어의 말을 옮겨 적느라 불을 끌 수는
없었다. 러닝타임 내내 피아노 선율이 흐르는데 그보다 아름다웠던
것은 세이모어의 목소리였다. 지적이고도 정확한 언어 구사와 생생
한 기억, 그리고 물 흐르듯이 리듬을 타는 악센트로 이루어진 화법.

인간에 대한 근원적인 애정과 음악에 대한 열정 없이는 불가능한, 우아한 성정이 그대로 배어 있다.

영화 〈피아니스트 세이모어의 뉴욕 소네트〉의 감독은 에단 호크인데, 이 이야기는 그가 배우로서 명성을 얻은 동시에 5년 전부터 극심한 무대 공포증을 앓았다는 데서부터 시작된다. 자본이라거나 성공이라는 것이 결국은 허상이라는 자각이, 진정으로 행복한 삶이 무엇인지 모르겠다는 물음이 그를 세이모어와의 깊은 교감으로 이끌었다. 에단 호크는 고민했다. 그 두 가지가 유기적으로 연결될 때 성공으로 인한 더 큰 욕망 대신 연기를 통한 진정한 자아를 찾을 수 있을 거라고.

세이모어는 곡을 연주할 때 모든 음이 끊기면 안 된다는 말을 자주 했다.

악보에는 그려져 있지 않아도 음표와 음표 사이에, 마디와 마디 사이에 숨을 불어넣어줘야만 하는 강약이 있다. 연주자의 그 몸짓이 얼마나 정교하느냐에 따라 몇 세기를 건너온 곡이 살아나거나 죽기도 한다.

그런 장면들을 보면서 삶도 결국 그렇지 않을까 싶어졌다.

모든 순간들이 강한 것도 모든 순간들이 여린 것도 아니다. 충돌이 있지만 조화가 있고, 환희가 있는 데서 멀지 않은 곳에 절망이 있다. 이 모든 것들은 결국 뚝뚝 끊어진 채로 우리의 삶을 이루는 게 아니라 눈에 보이지는 않더라도 계속해서 연장선상에 있다.

기쁠 때만 내 삶이 아니라는 뜻이다. 작은 불안도 나, 작은 슬픔도 나, 작은 두려움도 나라고 한 번이라도 더 스스로를 알아주고 이해해주는 것이 어쩌면 오늘을 살아가는 기적.

그의 말처럼 아름다움에 대한 답은 우리의 마음속에 있으니까.

나만의 인사법

'서울 사람들 humans of seoul'은
서울에서 만난 다양한 사람들을 기록하는 사이트다.

매일같이 인터뷰의 핵심이 되는
몇 문장과 함께 사진이 올라오는데,
어제는 세 명의 소녀가 의자에
쪼르륵 앉아 했던 말이 인상 깊었다.

"저희 학교는 독특한 인사법이 있어요.
아침, 점심, 저녁으로 인사법이 달라요.
일어나서 점심 먹을 때까지는 '밝았습니다',

점심 먹고 저녁 먹기 전까지는 '맑았습니다',
그리고 저녁 먹고 잘 때까지가 '고요합니다'예요."

이토록 재미있는 인사법이라니.
헷갈리지 않느냐고 물으니 다들 '제 맘대로'라고 한다.

"저녁에도 '밝았습니다'라고 말하는 친구들도 있고,
한 친구는 '밝았습니다'라고 인사하는데
반대편에서는 '고요합니다'라고 말해요."

'제 맘대로'여도 상관없으니, 나만의 인사법을 만들고 싶다.

하늘이 무너질 듯이 비가 쏟아져도
'맑았습니다' 하고 인사를 하다 보면 기분이 맑아지겠지.

내 마음이 고요한 그대로 충분하다면
아침 점심 저녁 할 것 없이
'고요합니다' 하고 인사를 건네는 것도 괜찮겠다.

단순히 한 학교에서가 아닌,
우리가 사는 세상에서 그런 인사가
통할 수 있다면 더없이 좋겠다.

서른하나,

가을

타인에 대한 말을 아끼는 것.

그것도 애정이라는 것을 알았다.

우 연 한 즐 거 움

어느 날, 온라인 서점에서 이벤트 하나가 눈에 띄었다. 은행나무, 마음산책, 북스피어 이렇게 세 출판사에서 '개봉열독X'라는 이름을 내걸었는데, 거기에는 이런 문구가 있었다.

어떻게 하면 더 많은 독자에게 이 책을 선보일 수 있을까 그런 고민을 하며 유럽과 일본의 서점을 둘러보다가 '제목을 숨기고 팔아보자'는 아이디어를 떠올렸습니다. 5월 16일 자정까지는 제목, 저자, 표지를 공개하지 않으려고 합니다. 이 비밀을 지켜주시겠습니까. 당신과 함께 뭔가 재미난 일을, 작당하고 싶었습니다.

이토록 근사한 비밀이라니, 예약 주문을 한 뒤 받아보기 전부터 설

레었다. 실제로도 책은 정체를 알 수 없게 포장이 되어 있었는데, 뜯고 보니, 평소의 나라면 접하기 힘든 것들이 분명했다. 처음 보는 작가인 데다가 좀처럼 읽어버릇하지 않는 장르였던 것이다.

취향이 완고할수록 우연한 즐거움을 발견하기 어려운 게 아닐까?

별생각 없이 집어 든 책이 너무 좋아서, 그 책을 쓴 작가의 다른 작품까지 찾아보는 경험. 그 경험이 온전히 내 힘으로 쭉쭉 뻗어나가던 시간이 그립다. 이벤트가 생각보다 더 즐거웠던 건 이 상황을 모두가 재미있어 한다는 사실이었다(약속된 날까지 모두가 비밀을 오픈하지 않도록 노력했다). 참 의미가 있는 작당이었다.

정성스럽고 참되게,
하 루 를

일주일 가까이 넋이 나간 채로 퇴근했다.

일곱 번을 수정해도 스케줄은 답이 나오질 않았다. 속수무책으로 전산 마비가 잦았다. 그래서 새로운 시스템을 적용했지만 회원들의 정보 이관조차 제대로 되지 않아 곤란한 날도 있었다. 그보다 더 최악은 한전에서 공사를 하다가 전기를 잘못 건드리는 바람에 정전이 있던 또다른 저녁이었다. 책임자이기에 크고 작은 수습은 말할 것도 없었다.

하나같이 지치다 보니 일기장엔 아무것도 적지 못했다. 그런 시간을 등한시하는 마음이 부끄러웠지만 '성실히'의 범주가 아니라고 여겼기에 기록으로라도 남겨두고 싶지 않았다.

《사랑하면 보인다》는 KBS〈다큐멘터리 3일〉제작팀에서 100곳을
엄선해 담은 책이다.

대한민국의 이름 모를 구석구석까지, 〈다큐멘터리 3일〉제작팀에서
지난 10년 동안 발품을 판 데가 어디 한둘인가. 100곳 다 나름의 역
사와 특색이 있지만 그중에서도 제일 흥미로웠던 곳은 화천 한옥학
교였다. 한식 목공 기능인 양성을 위해 설립된 직업학교이자, 전국
25개의 한옥학교 중 가장 큰 규모의 한옥학교. 여기까지는 일반적인
설명이니까 그런가 보다 했다.

그런데 입학하자마자 2주 동안은 대팻날만 갈아야 한다니, 당장 기
능을 전수받는 줄로만 알았던 교육생들은 분명 당황스러웠을 것이
다. 첫 3개월 동안은 이렇게 한옥에 들어가는 재료를 깎는 일을 한
다(그리고 나머지 3개월은 이 재료들로 진짜 한옥을 짓는다). 먹선이
틀어지면 톱질이 틀어지므로 목재에 100번 이상 먹선을 긋는 연습
도 한다. 30평짜리 한옥 한 채에 들어가는 부재는 1500개가 넘는데,
그 많은 부재를 하나하나 짜 맞추며 한옥을 짓기 때문이다.

주춧돌을 놓고, 기둥을 세우고, 서까래와 대들보를 올리는 일은 우리
네 삶과 다를 바 없습니다. 수많은 부재들이 한 치의 어긋남 없이 잘

맞춰져야 튼튼한 집이 되듯, 하루하루의 생활을 성실히 쌓아야 흔들림 없는 인생이 되니까요.

이 문단을 읽으며 '하루하루의 생활을 성실히 쌓아가는 것'에 대해 생각했다. 그 기준은 무엇일까. 도를 닦다시피 한옥에 들어갈 재료부터 준비해야 하는 것이 어쩌면 당연한데도 낯설게 느껴졌던 이유는 '성실히'에 대한 의문이 많은 하루하루를 보내고 있어서였다.

하지만 오늘은 책을 읽는 내내 텅 빈 날짜들이 '모든 생각과 감정을 피하거나 구분 짓지 말고 있는 그대로 느껴보자'고 말하는 것만 같았다. 이런 하루하루가 단지 견디면 그만이기보다 오롯이 느끼면 느낄수록 내 삶의 튼튼한 부재가 될 것이라고.

'성실히'의 사전적 의미는 '정성스럽고 참되게'다.

이번에 찾아보기 전까지는 정확히 그런 의미인지 몰랐다. 한 치의 어긋남이 없다거나 흔들림 없는 인생이 될 수는 없을 것이다. 어떻게 하면 '많이 알 것인가'보다 '많이 느낄 것인가'를 고민하면서, 정성스럽고 참되게 하루하루를 쌓아가고 싶다.

오늘 하고 싶은 것

오늘 하고 싶은 것을 멈추지 않는다면,
내일의 당신은
더 반짝거릴 거예요.

당신은 오늘,
무엇을 하고 싶은가요?

3

마음이 닿을 만큼의 거리

관계를 다시 생각하는 순간들

위 로

인스타그램으로 다이렉트 메시지를 받았다.

내가 올리는 글에 이따금 반응을 보이던 팔로워였는데, 괜찮다면 자신의 고민을 들어줄 수 있겠느냐는 부탁이었다. 막상 힘든 이야기를 할 곳이 없다는 말에 알겠다는 대답을 했고, 그는 다시 장문의 메시지를 남겼다.

스물다섯 살, 군대도 다녀오고 나름 인생 친구도 몇 명 있는 평범한 남자. 무언가를 시도하다가도 결과가 좋지 않으면 계속 다른 길을 찾았고, 그렇게 시간이 흘러 올해부터는 의대를 목표로 수능 공부를 시작했는데, 문제는 여자친구가 생긴 후부터라고 했다.

재수생인 여자친구와 다섯 살이라는 나이 차이, 주변 사람들의 달갑지 않은 시선, 부모님의 잔소리, 친구들의 비난, 그보다 그에게 더 힘들게 느껴진 것은 '여자친구가 옆에 있다는 사실만으로 실패한 수험 기간이라면, 내가 대체 지금 이 소중한 시간을 투자해서 공부하고 있는 이유가 무엇일까'라는 물음이었다. '정말 잘못한 걸까요?'라는 문장까지 읽는 순간, 나도 모르게 철렁했다. 참 많이 지쳐 있구나, 싶어서였다.

"삶을 뒤흔들 것처럼 무언가를 새롭게 시작하는 건 아주 순간이고, 그 뒤엔 언제나 큰 파도들이 기다리고 있어요. 그래서 처음의 결심과 열정보다 파도가 닥쳤을 때 어떻게 견디고 넘어가느냐가 중요해요. 이 말은, 또 다른 무언가를 시작하는 것보다 이미 시작한 것을 어떻게 끝내느냐가 더 의미 있다는 뜻이겠지요."

여기까지 적어내려 가다가, 문득 스물다섯이라는 나이를 생각했다. 상황만 달랐다 뿐이지 나 또한 다를 바 없었다. 여전히 미성숙한 나이, 감정이 전부인 것 같지만 서서히 이성을 찾기도 하는 나이, 진로에 대해 계속해서 고민하는 나이. 사랑에 대해 어느 정도 알아가지만 그 감정이 상대방보다는 나에게 초점이 기울어 있는 나이. 돌이켜 보면 그때는 그랬다.

"열심히 공부하고 사랑하며 목표한 날이 올 때까지 하루하루를 채워보세요. 내가 지금 많이 힘들고 외롭구나. 스스로를 안아주세요. 결과는 그다음이고, 관계 또한 누군가가 규정짓지 않아도 자연스럽게 깊어지거나 달라질 거예요. 지금이 끝인 듯 보이지만 눈물 젖은 이 시간도 지나간다는 사실을 믿어 봐요, 우리."

지금의 내가 스물다섯의 나를 만난다면 이런 말을 해줘야지, 그런 진심을 담았다. 얼굴 한 번 본 적 없는 낯선 사람에게 깊은 마음을 내려놓은 그가 오늘 하루를 끝내기에 앞서 조금이나마 따듯할 수 있기를.

그것이 내가 건넬 수 있는 최선의 위로였다.

드 레 스 투 어

이십대 후반이 되면서부터 아는 친구들의 결혼이야 전해 들었지만
친한 친구들은 감감무소식이었다. 그래서인지 서른이 되고도 결혼
에 대한 감각이 한참이나 뒤떨어진 나는 명화가 결혼식 날짜를 잡았
다는 말에 누구보다 기뻐했다. 명화와 재현 오빠는 어언 팔 년차 커
플이었다. 두 사람 모두 소중해진 뒤라 알게 모르게 안도감을 느꼈
고, 드레스 투어를 함께하게 됐을 때는 그 말에 대한 혼자만의 환상
때문에 내심 두근거리기까지 했다.

그날의 만남은 압구정동에서 만나 명일동까지 이어졌다. 숍을 몇 군
데 들르다 보니 금세 해가 졌다. 저녁만큼은 맛있는 샤브샤브를 먹자
고 달려간 길이었는데, 이상하게도 화제는 드레스가 아니라 집이었다.

재현 오빠가 사는 집은 전세인 데다가 방이 세 칸이었다. 처음 그 집을 구했을 때부터 남는 방에 들어와서 사는 게 어떠냐고 했던 것이 그날따라 구체적이고도 적극적이었다.

둘이 번갈아가며 설득하는 바람에 결국은 흔들렸다. 가스비만 내도 가세에 도움이 된다는, 두 사람의 진심이 느껴졌기 때문이었다. 매달 감당해야 되는 월세나 공과금보다 오랜 시간 혼자였던 생활을 이렇게 정리할 수도 있다는 일말의 기대감이 걷잡을 수 없을 만큼 커졌다. 게다가 우리 셋은 여행도 자주 다니지 않았는가. 변치 않고 힘이 되어준 인연이라 그 제안은 더욱 무게가 있었다.

한번 운을 띄우자 계획은 일사천리로 진행됐다. 짐은 차차 옮기더라도 일단 주인아저씨에게 연락을 하기로. 함께 사는 대신 나에겐 조건이 하나 있었다. "다른 건 다 버려도 되는데 반신욕조만 들고 가게 해줘." 둘 다 예상치 못했다는 듯이 웃다가 흔쾌히 승낙했다. 믿을 수 없는 일은, 그렇게 되고나서야 온갖 생각이 뒤죽박죽되어버렸다는 것이었다. 혼자 사는 게 익숙하고 당장 큰 문제가 없었다. 이 동네가 너무 좋은 데다가 더 이상 외롭지도 않았다. 그런데 괜찮은 결정일까. 의외로 이제 막 정을 붙인 단골 카페에 대한 미련이 가장 크게 남았다.

결론부터 말하자면 우리의 결정은 해프닝으로 끝났다. 주인아저씨에게 통보는 했어도 부동산에 열쇠를 맡기지는 못했던 나처럼 명화 또한 고민이 깊었겠지. 재현 오빠에게 연락을 먼저 받고서 우리는 일단 없던 일로 만들었다.

그리고 명화의 연락을 기다리는 동안 아무도 모르게 속앓이를 했다. 견고하다고 믿었던 관계가 자칫 틀어질 수도 있다는 생각만으로도 나라는 사람은 또 얼마나 연약한가. 나의 행복이 이토록 사소하다는 것에 기뻤고, 나의 외로움이 이렇게 가까이 있다는 것에 놀랐다. 명화와 금방 연락이 닿고 나서 이 모든 감정은 자연스럽게 풀렸다.

"내가 독립을 하거나 셋이 살 집을 구하는 건 상관없는데 결혼이라는 게 뭔가 복잡하게 만드네."

그런 속내를 지금의 내가 완전히 이해할 수는 없지만 나의 오래된 친구는 처음으로 '사랑한다'는 말을 남겼다. 그 표현보다 기뻤던 것은 내가 여전히 두 번째 드레스 투어를 함께하는 친구라는 사실이었다.

우 정

그 어떤 경계 없이 이야기를 나눌 수 있어서 좋고
진심이 가득 담긴 편지도 코끝이 찡할 만큼 좋았지만

비에 젖은 능소화를 보며
함께 발걸음을 멈췄던 것이 제일 좋았다.

무화과만 보면 현정 언니를 떠올리듯이
앞으로 한여름의 능소화를 보면 정아가 생각나겠지.

그립고도 소중한 순간이 이렇게 하나 더 늘었다.

침 대

과외 하는 학생이 가져온 〈좋은 생각〉을 펼쳤다가 어느 시인의 글을 보게 되었다. 자신의 시에서 유독 '구두'에 대한 묘사가 많다는 것을 그동안 몰랐다면서, 그에 대한 첫 기억을 이렇게 적었다.

부모님이 사준 새 구두가 너무 좋아서 이대로 영영 안 컸으면 좋겠다는 생각을 했다고.

어렸을 때 침대가 무척이나 갖고 싶었던 나는 엄마에게 말도 안 되는 투정을 부렸고, 학교를 다녀온 어느 날, 내 방에는 정말 침대가 있었다. 사과 상자에 책을 가득 넣어서 이불로 덮은 침대. 울고불고 난리를 치는 바람에 엄마는 며칠 후 진짜 침대를 사줬다.

없는 살림이었는데 마냥 기뻐했다. 십 년 넘게 썼던 예쁜 침대보다 단 하루를 잤던 사과상자 침대가 이제야 소중해질 줄도 모르고.

이웃

그린 스무디를 위해 일주일에 한 번씩
인터넷으로 케일을 주문한 지도 어느덧 반 년이 흘렀다.

생물이다 보니 발송된 다음 날이면
어김없이 받아볼 수가 있는데,
어쩐 일인지 이번에는 택배 아저씨의
놓고 간다는 연락을 받고도
익숙한 택배 상자가 보이지 않았다.

옷이며 책이며 유난히 많은
물건이 도착한 날이었다.

아무리 먹고살기 힘든 세상이로서니
이게 바로 말로만 듣던 생계형 도둑인가 싶어
서늘한 기분을 느꼈다.

그런데 이틀이 지난 오후에
모르는 번호로 전화가 걸려왔다.

옆 주택에 사는 남자였다.

출장 때문에 며칠 만에 집으로 돌아왔더니
문 앞에 내 물건이 놓여 있어서 갖다 주겠다는 거였다.

근무 중이라 통화를 길게 못해서
진심으로 감사하다는 문자를 남겼다.

그랬더니 이 남자,
더 빨리 돌려주지 못해 미안하다고
오히려 사과를 하는 게 아닌가.

누가 또 훔쳐 가면 어떡하지?

그런 실망감이 순식간에 가라앉는 동시에
이 일은 나에겐 언제나 먼 말이었던
'이웃'에 대해 들여다보는 계기가 되었다.

그러고 보니 몇 번의 이사와 긴 독립생활 동안
한 번도 이웃에 대해 생각해본 적이 없었던 것이다.

비슷한 공간과 구조 속에서 나와 같은
누군가 또한 숨을 쉬며 살아간다는 것을 잊을 뻔했다.

늦은 밤, 퇴근을 하고 집으로 돌아왔을 때
그 남자가 두고 간 케일 상자가 눈에 띄었다.

더위에 못 이겨 다 상하기는 했지만
내 돈 주고 내가 샀는데도
꼭 선물을 받은 것만 같았다.

초 면 에   실 례 합 니 다 만

한동안 일주일에 두 편씩 대학로에서 연극을 봤다.

암전이 되기 전에 노트와 펜을 챙겨서
인상 깊은 대사를 메모했는데, 그렇게 시작된
혼자만의 연극 관람은 반년 가까이 이어졌다.

그 시절의 기록을 펼치면 연극 티켓이 수두룩하지만
눈을 감고도 생생하게 살아남은 장면은 단 하나뿐이다.

무대 중앙에서 스포트라이트를 받으며 서 있던
한 남자의 독백이었다.

"살면서 가장 솔직해질 수 있는 사람이 누구인지 아세요?

바로 택시 기사님이에요.

가까운 사람에겐 차마 털어놓을 수 없는 이야기를 하게 된다죠.

다시는 만나지 않으니까."

며칠 전, 그런 경험을 했다.

택시 안에서 술기운이 올라 창밖을 보는데,

기사님이 먼저 말을 걸었다.

"아가씨는 결혼했어?"

"아직요."

"이제 할 때 된 것 같은데?"

"잘 모르겠어요. 요즘은 결혼하면 더 잘 헤어지는 것 같아요.

'나'와 '너'의 경계가 허물어져서,

오히려 더 많은 상처를 주고받잖아요."

"근데 혼자 있으면 외롭잖아.
자리를 잡으면 덜하지 않을까?"

"어릴 때는 그런 생각을 했는데요.
오히려 지금은 혼자여서 편할 때가 많아요.
누가 옆에 있는다고 해서 외로움이 가시는 건 아니잖아요.
더 외로웠으면 외로웠지.

너무 바빠서 외롭다는 것도 잊고 살다가
어느 날 문득… 두려워질 때는 있어요.
정말로 결혼을 못 할까 봐. 이러다가 영영 혼자일까 봐."

택시에서 내리는 순간, 작정하듯이
쏟아낸 말들을 생각하며 불현듯 정신을 차렸다.

처음인 채 멀어진다는 이유로 사랑하는 사람과도
나눌 수 없는 순간을 공유하다니,
이 얼마나 쓸쓸하고 시원한 인연인가, 하고 말이다.

아 버 지 의   집

부모님이 이혼을 하면서 겪게 된 제일 큰 변화는 명절이 더 이상 명
절 같지 않아졌다는 것이다. 아무리 의미가 예전 같지 않다고 한들
네 식구가 한자리에 모일 수 없으니 나에게 명절이란 그저 평소보다
긴 휴일과 다름없게 되어버렸다.

사실 한동안 부모님을 전혀 만나지 않았다. 독립해서 집을 나오기
전까지 부모님의 갈등은 심각했고, 그 과정에서 굳이 보거나 듣지
말아야 할 일을 많이도 겪은 탓이었다. 근본적인 관계가 무너진 만
큼 사랑, 신의, 이해에 대한 의심과 불신이 마음 깊은 곳에서부터 자
리 잡았다. 마음속에 이러한 부모님에 대한 원망이 있었다. 눈에서
안 보이면 차라리 편하다고 했던가.

그 말은 어느 정도 사실이 되어서 물리적인 거리가 생기니 그럭저럭 살 만했지만 가끔 오빠와 부모님이 함께 사는 이야기를 들을 때면 나도 모르게 불같이 화가 치솟았다. 몸은 여기 있는데 무의식은 이전과 똑같이 반응하고 있었다. 단 하나도 변한 게 없었다. 반복되는 갈등과 고통으로부터 나를 지키고 싶었고, 내가 할 수 있는 방법이라고는 일단 거리를 두는 것뿐이었다. 그렇게 삼 년이 흘렀다.

신기한 변화는 오빠가 취업을 하면서부터 찾아왔다. 오빠가 7급 공무원 시험에 합격을 한 것이다. 세 식구 중에 어머니가, 그다음엔 오빠가 발령지와 가까운 곳으로 거처를 옮겼다. 네 식구가 뿔뿔이 흩어진 것이 결과적으로 가시적인 평화를 불러왔지만 그보다 오빠가 부모님을 살뜰히 챙기는 모습이 진심을 움직였다. 그쯤 되어서야 명절이라는 이유로 부모님을 따로 만나기 시작했다.

지난 추석엔 오빠와 함께 아버지가 이사한 동네를 들렀다. 명절이라 고깃집이 문을 닫아서 생각보다 긴 드라이브를 하게 되었는데, 아버지의 얼굴은 지금껏 살면서 내가 본 중에 가장 편안해 보였다. 아침마다 실내 자전거를 탄다고 하셨다. 완연한 가을 날씨 덕분이었는지 몰라도 아버지가 유난히 건강해 보여서 그날의 만남은 두고두고 안심이 되었다.

이번 설에는 오빠가 미리 가 있는 아버지의 집을 찾아갔다. 오랫동안 감기를 앓았는지 아버지는 기침을 계속했고, 지난 가을과 달리 부쩍 야위어서 걱정이 될 정도였다. 밥은 잘 챙겨 드시는지, 별일은 없는지, 그러고 보면 늘 감기를 달고 사는 당신인데 그 모든 걱정을 차마 말하지 못한 채 나는 텔레비전을 보며 가벼운 이야기만 주고받다가 길을 나섰다.

버스를 타고 돌아오는 길에 문득 아버지에 대해 생각했다. 한때 아버지에게 주었던 상처가 나에게 돌아와 도리어 더 큰 상처로 남아버렸다. 그것이야말로 내가 나이를 먹었다는 뜻일까. 우리 집은 어쩌다가 이렇게 되어버렸을까. 답을 찾을 수 없는 질문들로 눈물 젖은 밤은 이미 지나갔지만 친한 언니의 집에서 따뜻한 밥을 한 끼라도 얻어먹은 날이면 그날 있었던 일 중에 제일 기분이 좋았다. 아버지는 언제 그 기분을 느껴봤을까 싶어졌다. 집 안에서 식구들의 목소리가 들리고, 아이가 뛰어놀고, 국이 맛있어서 한 그릇 더 달라고 말하는 것이야말로 이토록 사람 사는 집 같다고 느낄 때면 자연스레 우리 가족이 떠올랐다.

어느새 나는 외로움이 익숙한 사람이 되어버렸다. 일상의 언어를 가장 가까운 사람들 사이에서 잃어버렸다. 빈손으로 찾아간 게 내내 마음에 걸려 귀가하자마자 아버지에게 보낼 배즙을 주문했다. 이왕 보내는 거 고구마 말랭이와 맥반석 계란까지 부쳤다. 얼마나 살갑지 못한 딸이었으면 철이 들고 아버지에게 무언가를 해드린 것은 이번이 처음이었다.

며칠 전, 어머니에게 전화가 걸려왔다. 어디냐고, 가능하면 전에 말한 견과류와 더불어 사과를 주겠다는 거였다. 때마침 퇴근길이라 만나기로 했는데, 집 앞에서 만난 어머니는 아버지 집에도 사과를 주러 간다고 했다. 아버지와 어머니가 먼 친구처럼 그렇게라도 가끔 본다는 것을 몰랐다. 어머니가 차에 시동을 걸며 말했다.

"아빠한테 연락 자주 해.
네가 배즙 보내줬다고 너무 좋아하시더라."

그날 밤, 자려고 누웠다가 어찌나 뒤척였는지. 먹먹함과 미안함과 후회와 그 어떤 것으로도 설명되지 않는 감정이 밀어닥치고야 말았다.

그놈의 배즙이 뭐라고.

쪽 지

작업을 하다가 새벽 출근을 하려고 24시간 카페를 찾았다. 우리 동네가 아니어서 한적한 줄로만 알았는데, 새벽 한두 시가 넘도록 많은 사람들로 북적였다.

카페는 2층과 3층으로 나누어져 있었다. 이용 시간이 지났는데도 3층에 있던 사람들은 내려올 기미가 없었고, 직원은 청소를 시작했다.

그런데 머지않아 경찰 두 분이 들어왔다. 바로 옆에서 직원이 하는 말이 들렸다. 위층에서 열일곱 살인 남자 아이들이 담배를 피운다고. 그 아이들은 경찰 두 분과 함께 몰려나가는가 싶더니 잠시 후 돌아왔다.

비슷한 나이의 누군가가 아이들에게 다가가 대화를 나누기에 처음엔 한 무리인 줄 알았다. 하지만 얼핏 들려오는 대화로 봐서 그 학생은 아이들에게 위층에서의 일에 대해 뭐라고 하는 게 분명했다.

어찌나 선하고 분명하게 말을 하던지, 내내 상스러운 대화를 하던 아이들이 입을 닫았다.

'멋있어요. 그런 게 진짜 멋있다고 생각해요.
학생 같은 사람들이 많아졌으면 좋겠어요.'

빵을 산 뒤 그렇게 쪽지를 썼다.

그리고 내가 나가려는 것보다 조금 더 일찍 나가려는 학생에게 쪽지를 붙인 빵을 건넸다. 나를 바라보던 학생의 얼굴을 보다가 알았다. 이 학생은 그냥 자기다웠을 뿐인데, 그게 나한테는 참 예뻤던 거다.

행 복 한   슬 픔

옆 동네에 스포츠센터가 있었어요.

마을버스를 타고 배탈고개라는 정류장 앞에서 내려야 했는데, 당시
만 해도 헬스장이며 수영장이며 샤워장이며 한 공간에 있는 멀티 시
스템이 흔하지 않았어요.

부모님 몰래 돈을 모아 바로 옆에 있던 플레이타임을 몇 번 간 적이
있어서 그 스포츠센터에 대해선 이미 알고 있었어요. 건물이 얼마나
깨끗하고 큰지, 나도 모르게 흘깃 올려다볼 뿐 들어갈 생각은 하지
않았거든요.

그런데 어느 날, 부모님이 그곳에 저를 데리고 간 거예요. 엄마가 수영복을 입혀줬어요. 수영모를 쓰고 그럴싸한 수영장에 들어간 건 그때가 처음이었어요. 어른 전용이라 발이 닿는 데는 조금이어서, 아빠가 나를 업고 풍풍거리며 점점 더 깊은 곳으로 향했죠. 수영하는 척 열심히 팔을 휘둘렀고, 아빠의 등은 따듯했어요.

〈싱 스트리트〉에서 '행복한 슬픔'이라는 말을 만났기 때문에 문득 그 기억이 떠올랐어요. 여덟 살이었는데, 잃어버린 한쪽 귀의 청력을 회복할 수 없다는 진단을 받은 뒤였거든요. 아마도 어릴 적 열병 때문일 거라고요. 그 사실을 알면서도 부모님은 이후로도 여러 번 수영장에 데려갔어요. 머리를 숙이지 않았는데도 귓병을 앓는 바람에 그런 외출은 조용히 막을 내렸지만 이제야 나에게도 '행복한 슬픔'이 있구나, 하고 깨달았어요.

그 후로 수영장에 가는 일 없이 이십 년이 흘렀는데, 그럼에도 불구하고 내가 물을 참 좋아한다는 거예요. 여름이면 계곡을 가고, 겨울에는 바다를 가고, 이제는 몸이 잠길 정도로만 수영장에서 놀 줄 안다는 사실이요.

"너무 감정적이야!"

영화를 보고 나오던 길에 했던 첫마디가 바로 그거였는데, 이 모든 기억을 생생히 떠올려버린 나야말로 감정적인 사람이겠죠. 영화는 영화일 뿐인 걸. '영화 속의 꿈이라거나 사랑이라거나 가족이라거나 지금의 나에겐 너무 이상적이야.' 그렇게 중얼거렸지만 사실은 그것들을 여전히 제일 가까이 두고 싶다는 소중한 혼잣말이겠죠.

축 사

"아빠, 이제부터 내가 하는 이야기를 잘 들어봐. 내가 요즘 죽음에 대해 공부하고 있거든. 아니, 죽겠다거나 죽고 싶다는 게 아니라 삶에 대해 다시 생각해볼 만한 계기들이 있었어. 그런데 누군가 그러대. 부모님의 발을 닦아드리고, 잘 키워주셔서 감사하다는 절을 한 번 하라고. '그게 가능한 일이에요?'라고 물었더니, 그분은 정말 어머니에게 그렇게 했다는 거야.

'돈으로 할 수 있는 건 아주 많을지 모르지만 살아생전 부모님의 발을 닦아드린 자식은 얼마 없을 걸요? 잘 키워주셔서 감사하다는 말을 대신할 수 있는 것이 어디 있겠어요. 그렇게 해본 자식은 부모님이 돌아가시고 나서도 다를 수밖에 없어요'라는 대답이 돌아왔어.

아빠도 알잖아. 내가 고집이 엄청나서 하기 싫은 건 곧 죽어도 안 하는 거. 하지만 곰곰이 생각해보니까 난 정말 아빠한테 해준 게 없더라고. 앞으로는 밥을 자주 함께 먹어야겠다는 생각이 들었어. 미움도 원망도 많았지만 이제와 나중에 후회하는 자식이 되긴 싫어진 거야.

그러니까 아빠. 아빠는 나를 위한 축사를 해줘. 돈 많이 벌어라, 결혼해라, 이런 거 말고 앞으로 내가 살아가면서 두고두고 마음에 새길 수 있는 한두 마디면 충분하거든. 아빠가 진짜 나에게 해주고 싶었던 말을 건네주면 돼."

거기까지 말하고 정말 아버지의 발을 씻겨드렸습니다.
절을 하면서 잘 키워줘서 고맙다고도 했습니다.
그러자 아버지는 말씀하셨지요.

"스트레스 받지 말고, 정말 하고 싶은 일을 하거라. 조급해한들 인생살이 살아보니 지름길도 없고 바쁘다고 빨리 갈 수 있는 길도 없더구나. 어려운 일이 닥쳤을 때 그 당시에는 해결이 어려워 보여도 시간이 지난 다음 돌이켜 보면 별것도 아닌 것을. 마음의 여유가 없어서 못나게 행동했음에 계면쩍은 웃음이 나지 않니. 그렇게 연륜이 쌓이면 그것이 인생이라고 생각한다. 힘내라, 딸."

배 려

같은 회사에 다니는 언니가
엄마랑 같이 백화점에 갔다가
출입문에서 젊은 커플을 맞닥뜨렸다.

그들은 나오는 중이었고 언니는 들어가는 중이었다.

남자가 한쪽 문을 연 다음
여자친구를 먼저 내보내기에
언니는 당연히 다른 한쪽 문을 열었는데,
남자가 그대로 계속 문을 잡고 있었나보다.

"나랑 엄마가 지나갈 때까지 기다려주더라.
문을 열자마자 손을 놓기 바쁜 세상인데
역시 외적인 모습이 다가 아니야.
그 남자가 순간 너무 멋있어 보이는 거 있지."

사소한 배려에 감동받은 언니에게
"뭐 그런 걸로!"라고 하지 못했다.

입장을 바꿔 그런 일이 일어났다면
나 같아도 출근하자마자
언니에게 쫑알거렸을 테니까.

거 리

적당히 친한 친구의 결혼은 진심으로 축하해줬는데,
진짜 친한 친구의 결혼은 그러질 못했다.

아기를 낳고 사는 모습을
보면서부터는 어쩐지 더 낯설어져서,
내가 먼저 연락을 하는 일도 줄어들었다.

왜 그렇게 그녀가 멀게만 느껴졌을까.

친구는 정말로 행복해보였다.
내가 행복하지 않은 것도 아닌데 질투가 났다.

평범하지 않은 우리 집 모습이 다시 보였고,

난 어차피 혼자야, 라는 생각이 자꾸만 올라왔다.

친구에게 먼저 연락이 와도 전처럼 대할 수가 없었다.

스스로 외로움을 만들면

상대방이 아무리 다가와도 소용이 없는 법.

어떤 상황에 놓여 있느냐에 따라 이렇게

(아무에게도 말할 수 없는) 적나라한 나를 만나기도 한다.

자존심 상해서 인정하기 싫지만 뭐 어떡해. 이게 나인 걸.

그녀가 아닌 나 자신에게 거리를 두는 날이 계속되고 있다.

엄 마 의   남 자 친 구

엄마에게 남자친구가 생겼다. 미리 약속을 하고 엄마의 집에서 밥을 먹던 날이었다. 밥상에 앉아 아직 오지 않은 오빠를 기다리는데, 엄마가 대수롭지 않게 운을 뗐다.

"엄마한테 남자친구가 생기면 어떨 것 같아?"

그 물음은 대충 들어도 이미 있다는 뜻으로 들렸다. 오빠나 나나 워낙 솔직한 성격이었다. 어렸을 때부터 엄마와 가감 없는 대화를 하긴 했지만 이건 뭐랄까, 전혀 예상하지 못한 순간이어서 당황하고 말았다.

"연애는 해도 결혼은 하지 마."

나도 모르게 번개같이 대답했다. 얼떨결에 튀어나온 말이긴 했어도 진심이었다. 부모님은 오래전에 이혼을 했으니, 사실 엄마가 연애를 한다고 해서 문제가 될 일은 없었다. 그런데 그분이 사줬다는 아이스 크림을 먹으라며 꺼내오는 엄마를 보자니 기분이 좋지가 않았다.

왜 이렇게 홀가분하게 받아들일 수 없을까. 버티기 힘겨웠던 일들은 다 지나갔고, 이제 이 상태 그대로 평화가 찾아왔다고 생각했다. 삼십 년이 넘도록 가족이라고는 네 식구였으니 어쩌면 당연한 거부감일 수도 있다.

얼마 전, 내가 안 쓰는 프린터를 가지러 엄마가 잠깐 왔다. 원고 마감이 급한 데다 몸이 안 좋았던 나는 코로 먹는지 입으로 먹는지 모르게 엄마가 챙겨다 준 반찬들로 밥을 먹었다. 슬쩍 "별일 없지?"라고 묻는 내가 어이가 없는 한편 은근히 그분과의 소식이 궁금했다.

엄마는 공인 중개사 공부를 하고 싶은데, 인터넷 강의를 듣는 것도 비싸다고 했다. 공부를 미룰까 하니 그분이 도와줄 테니 상황이 될 때 배우라고 했다고도. 그 소식을 듣다가 지난번 만났을 때 오빠랑 내가 있는 자리에서 엄마가 했던 말이 떠올랐다. 당신의 자식들은 다 준비됐으니 오빠가 결혼할 때는 전세 자금을 해주겠다나.

괜히 기분이 또 나빠져서 "아니, 그런 거 뻔히 싫어하는 거 알면서 그때 왜 그런 이야기를 했어?" 하고 타박했다. 엄마는 가만히 듣다가 볼일이 급해서 자리를 떴다. 그날, 엄마가 가고 난 뒤 며칠 동안 말도 못 하고 앓았다. 왜 이렇게 생겨 먹었을까. 내가 챙겨줄 수 있는 것도 아닌데. 무언가 도와준다고 하면 잘 받아, 많이 받아, 이렇게 말할 줄 아는 딸이면 좋을 텐데.

가족으로 인해 생각이 많을 때면 늘 줌파 라히리의《그저 좋은 사람》을 읽는다.

영국 런던 출생의 줌파 라히리는 인도 벵갈 출신의 부모 사이에서 태어났다. 그녀가 그려낸 여러 편의 단편은 대부분 비슷한 성격을 가지고 있다. 지금 사는 곳과 떠나온 곳, 그 두 곳의 정서 사이에서 그려지는 가족의 이야기다.

〈길들지 않은 땅〉이라는 단편을 다시 읽었다. 루마는 미국인 남편과 결혼을 했다. 인도를 떠나 미국에서 터전을 잡은 부모님이 결국 우려하던 일이었다. 엄마가 돌아가신 뒤 아버지는 원래 살던 집을 정리하고 유럽 여행을 시작했다. 그러다가 아버지가 둘째를 가지면서 이사한 루마의 집을 찾아온다. 겉보기엔 별거 없는 서사이지만 이 안에 깔린 감정이 중요하다.

아버지와 루마, 그리고 아들 아카시, 셋은 그동안 겪어본 적 없는 시간을 보낸다(루마의 남편은 출장 중이다). 7년이 넘도록 나는 루마보다는 아버지의 입장에서 이 소설을 읽었다. 즐거운 경험이긴 해도 일주일을 함께 지내보면 확실히 알 수 있는 것. 복잡함과 불화, 서로에게 가하는 요구, 그 에너지 속에 있고 싶지 않음은 나야말로 바라던 바였으니까.

그런데 이번만큼은 루마의 입장을 이해하며 읽었다. 루마에게도 아버지는 언제나 불편한 존재였다. 아버지가 온 뒤로 걱정과는 달리 루마는 그에게 의존하게 된다. 아버지를 모시든 모시지 않든 시달려야만 하는 죄책감에서 벗어나지 못한 채 루마는 정원을 가꿔주는 그를 다르게 받아들이기 시작한다. 아버지는 결국 떠났다. 루마는 정원에서 아카시가 땅에 심은 무언가를 발견한다. 바로 아버지가 누군가에게 쓴 (숨겨둔) 엽서였다.

뱅골어 글자로 쓰여 있어서 이해할 수는 없어도 루마는 한눈에 아버지가 사랑에 빠졌음을 알게 된다. 아버지가 찍은 걸 보여준, 여행 영상 속 잠시 스쳐지나갔던 그 여인이 분명하다는 느낌과 함께. 루마는 엽서를 찢어버릴까 하다가 서랍 속에서 우표를 꺼내 붙인다. 오후에 우편배달부가 오면 가져갈 수 있도록.

루마를 더 이해하게 되었다고 해서 내가 루마처럼 행동할 수 있을까. 인생의 많은 것을 대담하게 넘길 줄 알고 견딜 줄도 알게 되었지만 가족에 대한 감정은 여전히 어렵기만 하다. 한 가지 깨달은 건 매사 분명한 성격인들 결정적인 순간엔 그 시원시원함이 아무 짝에도 쓸모가 없다는 거다.

나는 내게 주어진 엽서를 들고 있다. 아직은 우표를 찾을 수 없다. 아마 한동안은. 아니, 어쩌면 생각보다 오랫동안.

골 목 길

문학과지성사는 한국의 대표적인 출판사다. 그곳에서 출간하는 시
인선은 표지의 바탕과 다른 색으로 테두리를 디자인하는데, 시인의
얼굴 그림이 정면으로 들어가는 게 특징이다.

우연히 문학과죄송사라는 독립출판사를 알게 되었다. 문학과지성사
시인선과 분명 비슷한데, 표지를 가로지르는 선 하나가 크게 그어져
있다. 출판사 이름 때문에 웃다가 어딘지 모르게 엉성한 시집 디자
인(평범하지 않은 시인 소개도 한몫했다) 때문에 또 웃었다.

이 출판사는 도대체 뭐하는 곳인가 궁금해서 찾아봤더니 등단하지
못한 작가들의 시를 출판해주는 작업을 하고 있었다. 신선했다. 정

말 좋아해서 하는 일이구나, 라는 생각과 함께 《우주는 잔인하다》 시집을 펼쳤다. 그중 〈문득〉이라는 시가 시선을 붙든다.

아침. 나는 아름다운 골목길을 발견하였다. 언제나 아침. 병원으로 가는 길. 청바지 뒷주머니에 꽂힌 나의 왼팔에 마치 빙의된 듯 꼬옥 매달린 눈먼 신부전증 아버지와 함께. 우리는 아름다운 골목길을 발견하였다. 이해해줄 것 같았다. 아름다운 골목길은 이해해줄 것 같았다. 겨울. 아침이었지만. 가로로 나뉜 햇볕은 따뜻하게 이해해줄 것 같았다. 이기를 이해해줄 것 같았다. 이후를 이해해줄 것 같았다. 불효를 이해해줄 것 같았다. 이제 그만 아버지의 손을 놓아도 이해해줄 것 같았다. 돌아보지 않고 걸어도 이해해줄 것 같았다.

하마터면 눈물을 왈칵 쏟을 뻔했다.
이 얼마나 무서운 진정성이 숨어 있는지.

언제나 아침에, 혼자가 아닌 우리가 있었다. 하루도 이틀도 아닌 얼마나 긴 시간을 다녔던 걸까. 시인은 마침내 골목길을 발견했다. 그것도 아름다운 골목길을.

어느 인터뷰에서 시인은 이 시집을 출간한 후에 삶이 더 재미있어졌다고 대답했다.

장난스러워 보이지만 먹먹하다 못해 서늘한 진심이 그날 밤, 퇴근하는 나를 자꾸 돌아보게 만들었다. 마치 처음 그 길을 걷는 사람처럼.

메 리   이 야 기

사 년간의 회사 생활 동안 부서에는 한 명의 선임이 있었다.

메리는 그녀가 키우던 강아지였다. 제법 몸집이 있는 스피츠였다.
보통의 회사보다 퇴근 시간이 유동적이어서 그녀는 가족 중 누구보
다 메리와 자주 산책을 했다. 집 안에선 대변을 참는 메리를 위해서
였다. 그녀에게 메리가 얼마나 특별하고도 소중한 존재인지, 그녀를
알고 지낸 모두가 알고 있었다. 그런 메리가 작년 가을부터 부쩍 아
프기 시작했다. 2001년 1월, 메리가 어떻게 그녀의 집으로 오게 되
었는지는 알 수 없지만 내가 그녀를 처음 만났을 때 메리는 이미 나
이가 지긋한 할아버지였기 때문이다.

메리는 이미 신부전증을 앓고 있었다. 그녀에게 들은 합병증만 해도 셀 수 없었다. 심상치 않다 싶으면 그녀는 어쩔 수 없이 메리가 싫어하는 병원에 데리고 가야만 했다. 메리의 상태는 급격히 악화되었다. 두 번의 죽을 고비를 넘긴 채 2016년 2월이 되었고, 그녀의 사생활은 없어진 지 오래였다. 회사 동생 중에 한 명이 마지막으로 근무하던 날, 그녀는 오랜만에 늦은 식사자리를 가졌다. 그리고 그녀가 귀가했을 때 메리는 웬일로 고개를 들어 그녀와 눈을 마주쳤다.

그게 마지막이었다. 그녀가 품에 안는 순간, 메리는 기다렸다는 듯이 눈을 감았다. 혹시나 천국에 못 갈까 봐 그녀는 밤새 메리의 뜬 눈을 쓸어주었다고 했다. 그래도 이만큼 희생했음을 알아주고, 이별을 준비할 시간을 주어서 고맙다고도 했다. 나는 그녀에게 지금 무엇이 제일 슬프냐고 물었다.

"당이 없는 요거트를 박스째 주문했었어. 메리가 먹어야 하거든. 그런데 엄마가 뜯어놓은 요거트는 일단 상하기 전에 먹어야 하지 않겠느냐는 거야. 너무 많아서 그냥 버릴 수는 없으니까. 그 요거트를 먹는 것도 모자라 팩까지 하는데 얼마나 울었는지 몰라."

예상치 못한 대답에 나는 입을 꾹 닫았다. 역시 괜한 걸 물었다 싶었는데, 그녀는 걱정했던 것보다 담담했다.

"살면서 이런 일은 처음이라 정신이 없었는데, 주위를 둘러보니 정
말 많은 사람이 메리를 생각하면서 위로해주더라고. 그동안 그런 위
로가 형식적이라고만 받아들였는데, 작은 말 한마디가 큰 힘이 된다
는 게 어떤 의미인지 처음으로 알았어."

메리가 요거트만 남긴 건 아니었구나.

일상으로 돌아가 받은 만큼 베풀며 살아야겠다는 그녀를 보면서 혼
자 생각했다.

당신을 붙잡은
장면 하나가

명절이어서 아버지네 갔다가 오랜만에 텔레비전을 봤다. 오빠가 맞춰놓은 채널에선 사람에 관한 일상 다큐가 한창이었는데, 중간부터 보는 바람에 놓친 부분을 헤아려보자면 대충 이렇다.

여자는 과감히 회사를 떠났다. 사회에서 뒤처지지 않기 위해 남들과 똑같이 돈을 벌며 아이를 키웠시만 돌이켜 보니 그게 다 무슨 소용인가 싶고, 계속 이렇게 살다가는 해보고 싶은 것을 시도조차 못 해보고 죽을지도 모른다는 위기감을 느꼈다.

친구들이 부인과 하루 종일 붙어 있는 게 제일 불행한 거라고 말하는 걸 보니, 아마도 남편 또한 회사를 그만두면서 여자의 뜻을 따른 것 같았다. 이후 부부는 함께 밥차를 시작하게 됐다. 여자가 내건 주 메뉴는 가마솥 김치볶음밥이었다.

발은 내디뎠지만 어디로 가야 할지 모를 때 부부를 위로해줬던 장소가 있다. (나는 여기서부터 봤다.) 판매자가 판매자의 마음을 감싸주면서도 정이 넘치는 곳. 바로 문호리 리버마켓이었고, 주말이면 강변을 따라 설치된 점포 한쪽에 부부의 밥차가 있었다.

손님이 몰린 뒤 한숨을 돌리던 어느 오후에 누군가가 여자를 찾아왔다. 중학생 시절부터 인연을 이어오던 여자의 은사였다. 인사를 다 주고받기도 전에 여자가 몸을 돌려 훌쩍거리자 선생님 또한 눈물을 훔쳤다. 돌아선 채 마주선 등이 그렇게 가까워 보일 수가 없었다.

사실 프로그램의 이름이 기억나지는 않는다. 프로그램에 출연했던 부부의 이름도 가물가물하다. 그런데 그날, 아버지의 집을 나서면서부터 며칠이 지나도록 잊히지 않는 장면이 하나 있다. 여자가 김치볶음밥을 먹고 있던 선생님에게 가슴에 품은 무언가를 소중하게 건네줄 때였다. 보자기를 풀어보던 선생님은 한순간에 오열했다. 잡채였기 때문이었다.

"제가 워낙 좋아하는 음식이라는 걸 아니까

언제 한번은 퀵서비스로 보내줬어요.

그런데 기사님이 웃더라고요.

이런 배달은 처음이라면서요."

선생님의 그 말이 계속해서 내 마음을 붙잡았다. 잡채를 배달해주던 기사님의 기분은 어땠을까. 어쩌면 받은 사람과 같은 기분을 느꼈으리라고 짐작했다. 그래도 좀처럼 풀어낼 수 없던 생각들이 최은영의 소설집 《쇼코의 미소》를 다 읽은 뒤에야 선명해졌다.

기쁨이건 슬픔이건 간에,
마음을 나눈 사람들이 함께하는 것.
서로에게 기대고 기댐을 받는 것.

문학평론가 서영채 선생님이 쓰신 '순하고 맑은 서사의 힘'이라는 해설에서 만난 두 문장으로 인해서였다. 오늘 하루, 내가 어딘가에서 문장에 기대고 기댐을 받는 동안 당신의 마음을 붙잡은 장면은 무엇인가.

사람을 살게 하는 것은 상황이나 물질이 아닌, 양질의 관계에 달려 있음을 깨닫는다. 나를 알아주는 이가 있고, 나눌 수 있는 진심이 있다는 건 그토록 특별한 일이기에.

4

어쨌든 일은 해야 한다면

그녀의 이중생활

지 혜

세상에 대해서가 아니라

세상 속에 있는 나에 대해서

잘 알아갈수록 생기는 것.

재 능

언제였을까, 이십 대 후반이 되면서부터 늦은 여름이면 홀로 광주에
있는 시골에 내려가 삼 일 정도를 보낸다. 시골에는 큰고모가 살고
있다. 그래서 오래전, 할머니는 이곳으로 돌아왔다. 명절이면 좋지도
않은 길을 반나절이 넘도록 차를 끌고 내려와 친척들이 모이던 시절
이 있었다. 맛있는 음식을 먹고 달리 할 것이 없어 언니와 오빠들을
졸졸 쫓아다녔지만 나이 차이가 많이 났던 나는 결국 혼자 노는 시
간이 많았다. 빨래터에서 우르르 일어나는 반딧불을 보거나, 개구리
를 잡거나, 큰고모네 외딴 방 아궁이에 있는 대로 장작을 집어넣으
며 밤을 보냈다.

학창 시절에 접어들면서 부모님만 시골에 가게 되었고, 그 횟수도

점차 줄어들었다. 돌아가시기 몇 년 전부터 할머니는 병상에 계셨으니, 내가 다시 시골에 가게 된 건 십 년이 넘는 공백이 생긴 뒤였다. 몇 날 며칠 비가 내리다가 모처럼 개인 오후였다. 상복을 입은 채 할머니네 마당에 앉아 먼 산을 바라보다가 별안간에 깨달았다. 도시를 떠나 깊은 평온함을 느끼는 것, 어렸을 땐 지루하기 짝이 없다고 여겨졌던 시간들이 이제 와서 보니 내 정서의 근간이 되었다는 것을. 큰고모가 관리하는, 할머니의 집을 일 년에 한 번씩 찾게 된 것은 그때부터였다.

산이 높고 공기가 맑은 곳으로 갔으니 좋은 글을 쓰리라는 다짐과 달리 내리 잠만 자는 경우가 많았다. 그런데 이번 여름은 달랐다. 밥상에 올라오는 반찬들을 보며 감탄했고, 무심히 스쳐지나가던 나무와 꽃들의 이름이 궁금했으며, 자고 일어난 그대로 마을 산책을 했다. 밭에서 딴 가지를 생으로 하나 다 먹었다가 엄청난 수분감과 함께 다디달기까지 했지만 입술이 서슬 퍼렇게 변한 모습에 놀라기도 했다. 정확히 알게 되는 것들에 애정이 생기면서, 한편으로는 궁금했다.

이런 경험이 글을 쓰는 데 무슨 도움이 될까?

읽고 쓰는 것과는 무관해 보이는 일들이 일상을 채운 지 오래다. 작업에 대해 늘 생각하지만 매일 글을 쓸 수 있는 건 아니었다. 어느 날엔 내내 궁금했다. 회사에서의 일들이 글을 쓰는 것과 무슨 연관이 있나? 어떻게 하면 글을 더 잘 쓸 수 있을까? 작가이기 전에 한 인간으로서 성숙해진 시간임에도 그 대답을 구체적으로 하기는 쉽지가 않았다. 마찬가지로 글 또한 일련의 성과가 나타나기까지는 보이지 않는 길을 걷는 것만 같아서, 자주 이런 물음에 시달렸다. 간절한 무언가가 있는 사람이라면 한 번쯤은(어쩌면 그보다 많이) 고민해 봤을 것이다.

재능이란 무엇일까?
사실 나는 재능이 없는 게 아닐까?

2016년에 마지막으로 읽은 책은 미야시타 나츠의 장편소설 《양과 강철의 숲》이있다.

체육관에서 이타도리 씨가 조율하는 피아노 소리를 우연히 들은 도무라는 숲 냄새를 맡는다. 가을, 밤이 되기 시작한 시간, 건반과 함께 뚜껑이 열린 숲에서 나뭇잎이 바스락바스락 우는 소리. 그 모든 것이 운명처럼 다가온 순간, 도무라의 나이는 열일곱 살이었다.

훗날 도무라는 이타도리 씨가 있는 악기점에 취직하지만 소질이 없는 게 아닐까 좌절하는 시간을 보낸다. 입사한 지 다섯 달이 지날 무렵, 선임인 야나기 씨와 처음 조율을 하러 가게 되는데, 여기서 눈에 띈 것은 돌아오는 길에 도무라와 야나기 씨가 나누는 대화였다.

도무라는 산골짜기에서 자랐다. 바람이나 구름 이름이 산에서는 큰 도움이 되지만 누가 가르쳐준 건 아니었다. 그냥 주변에 있었으니까. 하지만 도시에서의 삶은 달랐다. 길가의 나무 이름을 정확하게 알아봤자 조율을 하는 데 있어선 도움이 안 된다고 생각하는 도무라와 달리 야나기 씨는 절대로 무의미하지 않다고 강조한다. 화술이나 교양이 아니라, 조율의 실체에 도움이 될 거라고.

조율의 실체라니?

시골을 떠나기 전, 낡은 자전거를 타고 달린 적이 있다. 마을로 들어오려면 무조건 강을 건너야 하는데, 그곳에 숲정이가 있다는 사실을 우연히 알게 되었기 때문이다. 숲정이라는 이름도 이름대로 마음에 들었지만 울창하다는 말을 가만히 느껴볼 만큼 어딘가 모르게 신비롭고 조용한 숲이었다. 혼자서 제대로 가본 건 처음이어서, 언젠가 어른들이 나누던 대화를 떠올렸다. "젊은 사람들이 이곳에서 놀다가 참 많이도 빠져죽었지." 그랬던 이곳이 수자원 보호 구역이 되었고, 지척에 댐을 건설하려는 계획대로라면 수몰될지도 모른다고 한다.

모든 것은 변함없이 그 자리에 있다. 미처 알지 못했을 때에도 강은 강이었고, 숲은 숲이었다. 하지만 내가 전과 같지 않기에 이 모든 풍경이 달리 보이고 애틋해졌다. 그때도 글을 생각했다. 살면서 무엇을 겪든 간에 그 일에 대한 가치를 부여하는 사람은 결국 자기 자신이다. 나만의 색깔을 찾아가는 데 어떠한 경계도 두지 않는 힘을 길러야 한다. 조율의 실체, 나아가 글의 실체라는 건 그런 게 아닐까. 당연히 하루아침에 단단해질 수 없다.

"재능이란 무지막지하게 좋아하는 감정이 아닐까?
무슨 일이 있어도 그 대상에서 떨어지지 않는 집념이나 투지나,
그 비슷한 무언가."

시간이 더 흐른 뒤에 야나기 씨는 도무라에게 이런 말을 한다. 어떤 의미에서는 도무라 같은 사람이었지만 일이면 일, 글이면 글, 생활이면 생활이라는 선으로부터 자유로워진 뒤로 나는 많은 것들을 온전히 느낄 수 있게 되었다. 관심을 세분화하는 사람으로 변화하고, 절망하다가도 마음을 다잡게 되는 건 글을 잘 써서가 아니었다. 좋

아한다는 이유 하나만으로 더 나아지기 위해 노력하는 시간. 그 시간이 쌓이고 쌓이는 것을 재능이라고 믿자. 글에 대한 고민이 유난히 깊었던 그 여름, 나는 재능에 대해 그렇게 정의를 내렸다.

어쩌면 이 길이 틀리지 않았는지도 모른다.
시간이 걸려도, 빙 돌아가도, 이 길을 가면 된다.

도무라의 마지막 다짐이자 혼잣말이 와닿았던 건 그래서였다.

긍 정 이 체 질

"그냥 간단하게 하나만 물어볼게요.

영화가 왜 좋아요? 왜, 하고 싶어요?"

영화학도 환동이가
제작지원 공모전 면접을 보던 자리에서
이런 질문을 받았다.

"잘 모르겠어요. 어, 그냥 너무 좋아요.
다른 말을 못 찾겠어요."

곰곰이 생각하는가 싶더니

이내 환해지던 환동이의 표정.

그 표정은…

나와도 참 많이 닮아 있었다.

초 심

현정 언니를 알게 된 건 서울예대 문예창작과에 입학한 지 얼마 안 됐을 때였다.

유일하게 친했던 언니가 현정 언니와 친해서 어쩌다 마주치면 인사를 하는 게 전부였는데, 시간이 많이 흐른 뒤에는 현정 언니와 내가 둘도 없는 사이가 되었다.

사실 처음엔 언니가 드라마 작가라는 사실을 몰랐다.

다른 분야를 전공(혹은 일을)하다가 입학한 어른들이 많았고, 언니가 자신의 이야기를 오픈하지 않았던 것도 한몫했다. 드라마 작가로서 오랜 시간 글을 썼지만 언니는 다시 학생이 되어볼 줄 아는 유연한 사람이었다.

1년 휴학을 했다가 복학하는 사이, 나는 온갖 아르바이트를 했다. 용돈은 둘째 치고 월세며 공과금이며 매달 나가야 할 고정 지출이 부담되던 나이였어도 멈출 수는 없었다. 체력적으로나 심리적으로나 많이 지쳐 있을 무렵, 언니가 먼저 조심스럽게 드라마 보조 작가 일을 해볼 생각이 없느냐고 물었다. 학교 뒷동산이 이제 막 푸릇해지던, 이른 봄의 일이었다.

그때부터 우리는 대부분의 시간을 함께했다. 학교에 가는 날이면 수업을 몰아듣고, 학교에 가지 않는 날이면 일을 했다. 그렇게 〈로맨스가 필요해〉 시즌1을 준비했다.

〈로맨스가 필요해〉 시즌2인 〈로맨스가 필요해 2012〉를 책으로 쓰게 된 건 방송이 끝난 지 정확히 일 년 후였다. 몸이 안 좋아서 드라마 보조 작가를 그만 둔 지도 꽤 됐는데, 설상가상으로 다니고 있던 회사가 두 달 째 월급을 못 주고 있었다. 우연이었지만 이런 기회가 다시는 없을 것만 같았다. 언니의 작업실에서 먹고 자며 글 쓰는 데만 집중했다.

잘 해내고 싶은데 그 무엇 하나 내 마음대로 되지 않았다. 마감은 촉박하지, 일에 대한 감은 부족하지, 무엇보다 제일 좋아하고 존경하는 언니의 작품에 누를 끼치지 말아야 한다는 의식이 글을 한 줄도 못 쓰는 상태로 이어졌다. 모두가 떠난 밤이면 작업실 창문 너머 가로등만 켜진 골목길을 내다보았다. 두려움에 압도되지 말자, 다짐해도 어디까지나 다짐일 뿐이었다.

어느 늦은 새벽, 언니가 작업실로 돌아왔다. 약속이 있어서 나갔기에 당연히 집으로 돌아갈 줄 알았는데, 술을 잔뜩 마신 언니는 가만히 내 앞에 마주 앉았다.

"힘들고 잘 안 된다는 거 알아. 아마 한계까지 가기도 힘들 거야. 그런데 이번 일을 잘 해서 또 다른 일을 하는 게 중요해. 하지만 안 되면 어쩔 수 없어. 시간도 급하고, 무서우니까.

그런데 승희야. 그렇게 계속해서 헤매다 보면 무언가 그 끝에 떠오르는 게 있거든.

이걸 왜 몰랐나 싶을 정도로 바보같이 느껴지게 만드는, 그걸 하나 잡으면 그다음부터는 어렵지 않아. 지금 내가 드라마를 새로 쓰면서 헤매더라도 두렵지 않은 건 결국은 그걸 찾아내리라는 걸 알기 때문이야. 되는 데까지 해봐. 그리고 그 시간 속에서 헤매봐. 원고가 좀 늦더라도 나는 네가 그걸 발견할 수 있었으면 좋겠어."

언니가 돌아간 후 책상에 앉아 그 말들을 옮겨 적었다. 가늠할 수 없을 만큼 먹먹해져서, 울 수도 글을 쓸 수도 없는 채로 나를 조금 더 믿어보기로 했다. 지금도 새로운 작업을 할 때마다 언니의 진심을 떠올린다. 헤매는 게 당연하니까 기꺼이 헤매보려고 한다.

글에 대한 나의 초심은 그날의 일기장에 고스란히 남아 있다.

그 녀 의   이 중 생 활

스물일곱이 되던 봄, 지금의 회사에 입사를 했다.

일이 몇 달째 안 구해지다가 면접을 보러 오라는 연락에 처음으로
경복아파트 사거리를 찾아갔다. 역삼역도 선릉역도 아닌 그 어중간
한 언덕배기를 올라가면서 무슨 생각을 했는지 이제는 기억나지 않
는다. 운영사무실에 들어가서 새로 이력서를 썼다. 본부장님은 나를
보자마자 내일부터 일을 하자고 했다. 테이블에 마주 앉아 있던 짧
은 순간, 정장이 어색해서 자꾸만 치마를 끌어내렸다.

강남에서 제일 큰 스포츠센터였다. 그리고 데스크 업무였다. 채용
정보를 통해 내가 알고 있던 사실은 고작 그 두 가지였다. 웬만한 서

비스직은 다 해봤지만 이곳은 이곳 나름으로 첫인상이 강렬했다. 몇 천만 원의 보증금과 몇 백만 원의 연회비를 내야만 입회할 수 있는 시스템이었기 때문이다.

어느 외국인이 시설을 알아보고자 투어를 했다가 금액을 들은 뒤 "집을 사도 되겠네요!" 하며 돌아섰다. 지금이야 기계적으로 설명하지만 처음엔 나도 그런 심정이었으니 엄청 놀랐을 수밖에.

그러니까 내가 하는 데스크 업무란 불특정 다수가 아닌, 입회한 소수 회원을 상대해야 하는 일이었다. 단순한 질문에 답을 하거나 어쩌다 마주쳐서 인사를 하면 그만인 것이 아니라 매일 만나는 일상성과 그 안에서 서비스를 해야 한다는 특수성이 동시에 있었던 것이다.

지난 몇 년 동안 좋은 회원들도 많았지만 여러 가지 의미에서 솔직히 힘들게 하는 회원들이 더 많았다. 주차장으로 들어오는 차는 우리나라에서 제일 좋은데, 의아할 만큼 행복해 보이지 않다고 느끼기도 했다. 물론 내 고집도 만만치 않았으니, 그들에게 나 역시 좋은 직원으로 기억되지 않을지도 모른다. 나의 생각과 그들의 생각을 비롯한 모든 것이 사실 충돌의 연속이었다.

글은 앞으로도 평생 쓰겠지만 지금이 아니면 회사 생활을 못 해본 다는 생각이 반, 글로 자리를 잡기 전까지는 어떻게든 병행하리라는 다짐이 반이었다. 그렇게 여러 계절이 흘러 어느덧 사 년차가 되었다. 회사에 이런 생활을 오픈한 것은 입사하고도 일 년이 지날 무렵이었다. 그 사이 밤을 새우며 계속 글을 썼고, 전과는 다른 내면의 조화로움을 찾아 꽤 친절해졌다.

하지만 회원들에게 여전한 비밀이 있으니, 그들은 내가 작가라는 사실을 모른다는 것이다.

인 연

가끔 생각한다.

회사가 아닌 다른 곳에서 만났다면
그 상사는 더 괜찮은 사람이었을까.

그렇다면 나는?

자 몽 차

회사 생활 이 년차에 접어들 무렵, 〈응답하라 1994〉 드라마 소설 집 필 제의를 받았다. 단순 반복인 업무와 주기적으로 찾아오는 회태기 (회사 권태기) 때문에 서비스직인데도 웃을 수 없었고, 회원들과의 마찰도 유난히 많던 시기였다. 그래서 그 작업은 더욱 반가웠다.

회사는 스포츠센터의 특성상 2교대 근무로 돌아간다. 새벽 여섯 시 혹은 오후 두 시에 출근을 하는데, 휴무를 주말 개수만큼 내가 원하 는 날로 정하면, 나머지 일정은 그 2교대 출근 시간에 맞춰 채워지 는 식이었다.

드라마 방영과 함께 작업이 진행되느라 아무래도 일정이 빠듯했다.

이때부터 회사 스케줄을 짜는 선임에게 휴무와 휴무 사이를 새벽 출근에서 오후 출근으로 넘어가도록 부탁했다. 시간을 벌어야만 했다. 새벽 출근을 하면 다음날 오후 출근을 하기까지 하루가 생겨서, 글을 쓰기 위한 나만의 패턴이 생기는 셈이었다.

그날은 오후 출근을 했다. 일을 하는 내내 바빴다. 원고는 잘 써지지 않았고, 두 달이 넘도록 매일같이 밤을 새우느라 몸 상태 또한 최악이었다. 하필 그런 날, 모든 것이 겹쳐버렸다. 안 되는 걸 안 된다고 너무나 분명하게 안내한 탓에 컴플레인이 들어왔다. 사무실에서 과장님을 데리고 나와 또다시 나한테 뭐라고 하는 회원을 응대한 것을 끝으로 데스크에 서서 울기 시작했다.

화인지 스트레스인지 모를 감정이 폭발한 채 겨우 일을 하는데, 누군가 데스크 위로 자몽차를 내밀었다. 방금 전 상황을 가만히 옆에서 지켜보던 다른 회원이었다.

"마음에 담아두지 말고 이거 마셔요.
차가운 커피 마시면 기분 안 풀릴걸."

내가 마시다 만 커피를 눈짓하던 회원은 금방 자리를 떴다. 그녀의 말은 진짜였다. 자몽차의 온기가 온몸에 퍼지자 어쩔 수 없었던 눈물이 서서히 멈췄다.

집으로 돌아오자마자 다시 힘을 내어 글을 썼다. 나를 진심으로 행복하게 해준 것은 그리 거창하지 않았다. 이래 가지고는 도저히 회사를 못 다니겠다 싶던 순간에 자몽차 한 잔이 나에게 준 위안은 그만큼이나 컸다.

어떤 복합적인 상황과 감정으로 내가 울었는지 그 회원은 당연히 모를 것이다. 오늘 저녁, 마주쳤을 때 내가 얼마나 여전히 고마운 마음으로 인사를 했는지도.

위 시 리 스 트

새해가 되어 일기장을 바꿀 때면
맨 뒷장에 그해의 계획을 미리 적어본다.

그런데 한 해의 절반쯤 지나고 보면
그 옆에 또 다른 계획이 주르륵 적혀 있다.

바로
'언젠가 회사를 그만두면 하고 싶은 것들.'

회사에서 짜증나거나 화나는 일이 있으면
특히 그 목록은 더 늘어나 있어서

연말이면 총 개수로 회사 생활이 어땠는지
혼자 가늠해보기도 한다.

적어 내려간 위시리스트는 대강 이렇다.

첫째, 하루고 일주일이고 원하는 만큼 잔다.
(이게 휴무인 날 자는 것과는 성질이 다르다.)

둘째, 퇴직금은 일단 저금을 한다.
(사람 일은 언제 어떻게 될지 모르니까.)

셋째, 운전면허를 딴다.
(그렇다. 나는 아직 면허가 없다. 근무 일정이
불규칙적이므로 아직 습득할 만한 의지가 없다.)

넷째, 일 년 이상 단위의 공부를 한다.
(한번에 여러 가지 일을 병행하느라
마음먹고 해야 하는데 지금으로선 쉽지가 않다.)

다섯 번째, 태국과 라오스 그리고

미얀마에서 각각 한 달씩 살아본다.

(사 년이 넘도록 부동의 1위를 지키고 있다.)

이루어질지 아닐지는 알 수 없지만

적어 내려가는 순간만큼은 기분이 좋다.

내가 나를 껴안아주는 시간.

위로가 되는 동시에 진정이 된다.

중요한 건 지금 여기이고,

이 순간을 좀 더 잘 견딜 수만 있다면

앞으로도 기꺼이 위시리스트를 늘려가리.

무 거 운   재 미

라디오 사연이 당첨돼 엄마와 함께
한국 초연 브로드웨이 뮤지컬을 보러 간 적이 있다.

무대 위의 모든 것이 압도적일 만큼 화려해서,
중간에 쉬는 시간에도 입을 다물지 못했다.

"엄마, 진짜 멋있다, 그치?"

"그런데 안쓰럽다는 생각이 드네.
저 무대를 만들기까지 얼마나
많은 사람들이 쉽지 않았겠어."

엄마의 그 말을 제대로 이해하게 된 건
십 년도 한참 더 지난 후였다.

좋아서 혼자 이것저것 적던 시간이 지나가고,
어느덧 나는 돈을 받고 글을 쓰는 사람이 되었다.

드라마를 보면 드라마 바깥에서,
공연을 보면 공연 바깥에서,
글을 보면 글 바깥에서
더 많은 노력이 있다는 걸 알게 되었다.

그래서인지 언제부턴가 어떤 작품을 보든
'만드는 데 얼마나 힘들까' 하는 생각이 든다.
설령 별로더라도 눈에 띌 만한 점을 찾아보려고 한다.

그런 시간들이 이해의 폭을 넓혀주기도 하는 것이다.

태 도

사장은 엑셀을 쓸 줄 모르고, 사원은 영수증을 쓰는 법을 모르는 출판사가 있다.

심지어 사업 계획도 없고, 연간 출간 종수도 정확하지 않다. 오래된 가옥을 사무실로 얻어서 매일같이 머리 위에서 쥐들이 날뛰는 곳.

바로 출판사 미시마샤의 이야기다.

미시마는 원래 출판사에서 근무했다. 한 달만 더 버티면 수십만 엔의 보너스를 받았겠지만 그는 과감하게 그만뒀다. 동유럽을 중심으로 4개월간 여행을 떠났다가 돌아왔지만 새로 들어간 회사가 너무나 맞지 않아서 미시마샤는 또다시 미칠 것만 같은 분노에 시달렸다.

개운치 않은 나날은 갑작스레 끝을 맺었다. 불현듯 '출판사를 만들자!'는 생각이 들었기 때문이다. 그렇게 마음먹고 나니, 미시마의 눈엔 어제와 다른 풍경이 펼쳐졌다. 풀과 나무는 물론 공기마저도 반짝반짝 빛났다. 몇 번이나 다녔던 거리가 갑자기 사랑스럽게 여겨졌던 것이다. 그리고 마침내 미시마는 깨닫는다. 이런 것은 그다지 특별한 풍경이 아니라고.

오히려 이쪽이 '평범한' 것이라고.

'자기 눈앞의 일'과 '자신이 발을 담근 세계'는 떼려야 뗄 수 없다. 내가 속한 세계를 좋게 만들려면 지금 이 순간, 주어진 일에 최선을 다해야 한나. 하지만 시스템이라는 것이 과연 미래 지향적인가? 힘이 향하는 방향을 점검하기 위하여 일단 원점으로 돌아가자.

미시마가 강조하는 '원점회귀하는 출판사'는 이런 맥락이다.

'지금까지'의 방식을 버리고 '지금부터'의 방식, 그러니까 미래를 구축해가는 방법이라고 조금이라도 믿는 방향을 받아들이는 순간, 그는 분노나 딜레마로부터 완전히 해방될 수 있었다.

미시마가 직접 쓴《좌충우돌 출판사 분투기》를 읽으며 제일 기억에 남는 건 '계획과 무계획 사이'라는 챕터였다. 아까 말한 출판사 미시마샤는 지유가오카에 있다. 문자 그대로 언덕 동네인데, 사람들 대부분이 관광지로만 인식하다 보니 그곳에 주택가가 있다는 사실을 알아채지 못한다. 역 앞 로터리를 나와서 오른쪽으로 돌면 완만한 오르막이 눈에 들어온다.

지유가오카의 계획 구역에서 무계획 구역으로 완전히 바뀌는 지점을, 미시마는 정확히 그 주변이라고 이야기한다(이런 명칭이 따로 있는 건 아니다. 그저 미시마가 그렇게 이름을 붙인 것일 뿐). 오르막을 올라와서 계속 걷다보면 알 수 있다. 그곳이 무계획 구역이 되었다는 것을. 공기가 느슨하고, 마음도 평온해지니까, 다양한 집들이 섞여 있는 가운데 지척에 번화가가 있다는 게 믿겨지지 않을 만큼 정적이 흐르는 것이다. 5년 전, 몇 번 와보지 않았을 땐 오히려 자유롭지 못했던 그곳을 미시마는 이제 자유의 언덕이라고 부른다.

매일같이 똑같은 길을 다니다 보면 그곳을 받아들이는 방식은 두 가지로 나뉘게 된다. 나날이 익숙해지든가, 나날이 새로워지든가. 당연히 전자보다 후자인 사람이 공간에 대해서 이전과 다른 느낌을 쌓기 쉽다. 미시마는 이러한 경험을 자신만의 방식으로 풀어낸다.

새하얀 종이 위에 선 두 줄을 그어놓고, 처음 그었던 선을 계획선(관습, 상식, 규칙, 사회성)이라고 이름 붙인다. 두 번째 그은 선은 무계획선(유연함, 돌발성, 비효율, 원점 회귀)이라고 한다. 그는 첫 번째 선과 두 번째 선 사이에 있는 공간이야말로 자유의 공간이라고 부른다. '계획과 무계획 사이'가 흔들릴 때, 사람은 처음으로 자유를 느끼기 쉽다는 것이다.

서두가 길었다. 이전에 글에서 긴 회사 생활 동안 정확하게 무엇이 성장했는지 모르겠다는 이야기를 한 적이 있다. 그런데 오 년차가 된 지금, 중요한 무언가를 깨달았다.

자유, 그 자체를 얻기 위해 무계획선을 늘리려면 '태도'야말로 가장 중요하다는 것이다.

2월의 마지막 날이 되는 새벽이었다. 갓 스무 살이 된 직원으로부터 이번 달까지밖에 일하지 못 하겠다는 연락을 받았다. 책임감이라고는 눈곱만치도 찾아볼 수 없는 행동으로 인해 나머지 직원들이 고스란히 피해를 봤다. 나이와 경력을 떠나, 놀랄 만큼 자주 일어나는 일이다.

이런 직원이 있는가 하면 일을 가르칠 때 눈치가 보이는 직원들이 있었다. 어떤 의미에서 그들은 그들 자신과 싸우는 것처럼 보였고, 견디는 것처럼도 보였다. 하루하루 적응하느라 스트레스를 받는 게 느껴져서 함부로 뭐라고 할 수가 없었는데, 그들은 나의 예상을 깨고 아직까지 이곳에 남아 있다. 일 년 남짓한 시간 동안 노력한 만큼 서서히 일이 늘었다. 셀 수 없는 직원들과 일을 했지만 그중에서도 이들을 특별히 존중하게 된 건 바로 이러한 모습 때문이었다.

일적으로는 여전히 부족하더라도, 태도를 통해 누군가가 인간적으로 좋아지는 경험은 그만큼 흔하지 않다.

계획선은 다양할 수 있다. 꼭 회사일 필요는 없다. 그러나 회사는 나에게 더없이 익숙한 공간이 되었다. 한때는 글을 쓰기 위해서라면 회사 따위는 의미 없다고 여겼는데, 이제는 굳이 회사가 아니더라도 계획선은 분명 살아가는 데 중요한 역할을 한다고 믿는다. 미시마 또한 우리가 자유롭기 위해선 현실로 돌아올 만한 계획선이 필요하다고 강조했다.

새로운 생명을 얻은 감성은 자유의 언덕에 새로운 빛이 되어 그 모습을 드러낸다. 언젠가 나타날 것이 아니다. 매일 나타난다. 계획과 무계획 사이에서 흔들리는 것을 두려워하지 않고 계속 행동하는 사람들의 곁으로. 언제나 부드러운 온기를 갖고.

무계획선을 넓혀가는 것. 다시 말해, 완전한 자유를 느끼는 것은 먹고 사는 일의 중요성과 나아가고자 하는 길의 소중함을 동시에 알아가는 일이다. 쉽지 않게 여기까지 왔더니, 많은 것들이 새롭게 보이기 시작했다. 그 속에는 미시마의 말처럼 부드러운 온기도 있다.

나는 서서히 앞으로 나아가고 있다.

잘 알 지 도 못 하 면 서

"좋아하는 일을 하니까 하나도 힘들지 않겠어요."

언제부턴가 이런 말을 듣는 게 싫어졌다.

글을 쓰는 백 일 중에 구십구 일은 한계에 부딪치고
나머지 하루만이 한계를 넘어설까 말까한 희열을 느낀다.

언제가 될지 모르는 그 하루를 위해
구십구 일을 쌓아간다는 것도 모르면서.

다 가 오 는 것 들

갑작스럽게 찾아온 불행들이
견고하다고 믿었던 일상을 무너뜨린다.

'내가 알던 것들은 모두 어디로 갔을까?'

혼자 울더라도 절망하지 않는다.
상실을 묵묵히 견뎌낼 뿐 불행해하지 않는다.

'다가오는 것'을 막을 수는 없지만
나탈리는 그렇게 자기 자신을 지킨다.

삶.

과거도 현재도 미래도 아닌,

희망 안에서 나를 만들어가는 일.

부 탁

상황이 어쩔 수가 없어서 친구의 부탁을 거절했다.

다음 달부터 우리 부서 직원들의 근무 스케줄을 내가 짜야 하는데,
어머니가 고향에서 올라오시는 이틀 동안 미리 휴무를 잡을 수 있느
냐는 거였다.

보통은 모두에게 양해를 구하면 가능한 일이지만 공휴일인 데다가
때마침 그 기간에 여름휴가를 가는 후임이 있어 이번만큼은 여의치
않았다. 이 모든 상황을 알면서도 친구는 어쩔 수 없이 속상해했다.
그래놓고 또 신경이 쓰였는지 미안하고 고맙다는 말을 먼저 꺼냈다.

"네가 심각하게 받아들이라고 한 이야기가 아니야. 기분은 안 좋을
수 있지만 악의가 있는 게 아니니까 조금 더 담백하게 받아들였으면
좋겠다는 뜻이지.

부탁이라는 건 앞으로도 당연히 할 수 있어. 다만 그 부탁에 대한 답
이 원하는 방향으로 돌아오지 않았을 때엔 분명한 이유가 있고 그건
네 몫이 아니기에 덜 상처받아도 되지 않을까."

일희일비하지 말라는 의미에서, 그렇게 대답했다.

부탁은 전적으로 나의 필요에 의한 것이지만 그에 대한 답은 상대방
에 의해 좌우된다. 이때 제일 중요한 건 나의 마음을 최대한 잘 전달
하는 것, 그리고 상대방이 설령 거절을 한다고 해도 너무 감정적으
로 받아들이지 않는 것이다. 너무 솔직하게 말한 건 아닐까. 내심 걱
정했으나 친구는 나의 진심을 있는 그대로 알아주었다.

그날 오후, 출근을 앞둔 친구와 퇴근을 앞둔 내가 회사 근처에서 만
나 점심을 먹었다. 그냥 밥상에 마주 앉고 싶었다. 달라도 어쩜 이렇
게 다를까 싶었건만 어느새 나를 참 많이도 닮아버린 친구를 보며
문득 사람과 사람 사이에 이만한 기적이 어디 있나 싶어졌다.

싫 다 는 말

같은 부서의 직원이 또 다른 직원에게 돈을 빌려달라는 일이 있었다. 어머니의 대출이 잘못되는 바람에 월급의 대부분을 썼는데, 당장 이번 주 내로 밀린 요금을 내지 않으면 핸드폰이 끊긴다는 것이었다.

당황하긴 했지만 부탁받은 직원은 돈을 빌려주었다. 그렇게 일단락이 되는 듯했어도 돈을 빌려간 직원은 월급날 돌려주겠다는 약속을 지키지 않았고, 다른 직원들에게도 부탁을 한다는 말이 들려오기 시작했다.

돈에 관한 문제다 보니 모두가 민감했다. 어떤 이야기는 공공연한 비밀이 되었고, 어떤 이야기는 전해들은 티도 낼 수 없이 혼자만 알고 있는 상황이 되었다.

그러던 어느 날, 나에게도 그 부탁이 날아왔다. 드디어 올 것이 왔구나. 단박에 거절해서 나에게는 그것이 끝이었지만 완벽하게 거절하지 못한 직원 몇은 이후로도 똑같은 부탁을 여러 번 받은 모양이었다.

"정확한 의사 표현을 하지 않으니까 상대방이 계속 그러는 거 아닐까? 그냥 싫다고 대답하면 되잖아."

적당히 둘러대느라 어지간히 스트레스를 받은 그녀들에게 중얼거리다가 아차 싶었다. 누군가에게는 싫으면 싫다고 말하는 것조차 어려울 수 있지. 그걸 스스로가 가장 잘 알 수도 있다는 사실을 깜박한 채 너무나 쉽게 판단했다는 생각이 들었던 것이다. '그게 뭐가 어려워?'라는 느낌을 준 것이 문득 미안해지고 말았다.

때로는 동질감이 아닌 이질감으로부터 누군가를 이해하며 나를 알아간다. 어쩌면 당연한 건데, 우리는 우리가 이토록 다른 사람이라는 사실이야말로 너무나 쉽게 잊어버리는 건 아닐까. 그 직원이 돈에 대한 부탁을 하지 않게 되면서 머지않아 이 일은 조용히 묻혔지만, 나에겐 나대로 깨달음이 남았다.

우 리 는 모 두 쉽 지 않 다

입사 6개월 차 언니가 조심스럽게
한 이야기를 털어놓았다.

비슷한 시기에 입사한 다른 직원이 동생으로서는
더할 나위 없이 좋은데 일적으로는 안 맞아
근무가 겹칠수록 은연중에 스트레스가 된다는 것이었다.

회원을 응대 중인데 끼어든다거나,
언니가 알아서 처리할 수 있는 부분까지
필요 이상으로 수습하려고 한다거나,
이런 것들이 쌓이다 보니 그 직원에게
차마 말을 할 수는 없어 난감하다고 했다.

"알아. 내가 일이 느리고 정신없는 거.
그래도 이제 어느 정도 실수는 덜하니까
너처럼 조용히 옆에서 지켜봐주다가
틀린 것만 바로잡아줘도 좋을 텐데…."

언니의 넋두리를 듣다가 사실은 그게
제일 어려운 일이 아닐까, 하고 생각했다.

어떤 상황은 지켜봐주는 것만으로도
도움이 된다는 걸 알기까지
우리 모두 다 시행착오를 겪을 테니까.

그래서 쉽사리 대답하지 못했다.

언니나 그 직원이나 어떤 마음으로
그렇게 말을 하고 행동을 했는지
이해할 수 있어서 나는 가만히
언니의 등을 토닥거려줄 뿐이었다.

대 화

근무 중에 틈이 생기면 일기를 쓰는데

평소 장난 어린 안부를 자주 건네던,
연세가 지긋한 회원님께서 내가
만년필을 쓰는 모습을 처음으로 보게 되었다.

무엇을 적는 거냐며 일기장을 눈짓하시기에
평소 생각과 읽은 책들에 대한 기록이
대부분이라고 말씀드리니 또 한 번 놀란 채 물으셨다.

"무슨 책을 좋아하는데?"

그렇게 회원님과 고전문학에 대한 대화를 나누기 시작했다.

그날 이후로 우연히 마주칠 때마다
모옌을, 가와바타 야스나리를,
《주홍글씨》와 《분노의 포도》를,
그밖에도 여러 문학작품을 이야기했다.

우리는 서로에 대해 얼마나 제대로 알고 있을까.

말투와 걸음걸이만으로도 회원들의 이름을 척척 맞추지만
내가 알고 있다고 생각하는 그들의 모습이 정말 맞는 걸까.

어쩌면 우리는 대화가 아닌
저마다의 말만 많이 하는 것일지도 모른다.

예상치 못한 누군가와의 짧지만 깊은 대화가 남긴 느낌은
생각보다 많았다.

내 마 음 같 아 서

"너, 처음부터 기분 나빴어. 왜 이렇게 재수 없이 굴어?"

어느 여자 회원으로부터 그런 말을 들은 밤이었다.

골프 타석 시간이 끝나기 전에 다른 회원이 미리 올라간 것도, 주차권 때문에 주차장 직원과 실랑이를 하게 된 것도 엄연히 따지면 내 잘못이 아니었다.

죽일 듯이 노려보고 가더니 곧장 두 번이나 전화가 걸려왔다. 일에 대한 잘못이라면 얼마든지 사과할 수 있지만, 고작 화풀이 대상이 되어야만 하는 인신공격을 가만히 들을 수는 없었다. 내가 따지기 시작하니까 그 여자는 전화를 뚝 끊어버렸다.

셀 수 없이 겪은 일이다.

그런데 아무리 겪어도 좀처럼 익숙해지지 않는다.

'아무렴 어때. 어차피 당신은 나를 모르잖아.'

보통은 기분이 나빠도 그렇게 넘어가지만 그날은 아무렇지 않게 떨쳐지지가 않았다. 지하철을 타고 어디쯤 왔나 고개를 드는데, 한 아가씨가 두 손에 얼굴을 묻은 채로 서 있었다. 숨죽여서 우는 모습이 꼭 지금의 내 마음 같았다.

얼마 전에 현정 언니를 만났다. 카페에서 대화를 나누다가 언니는 어느 날 작업실을 찾아왔던 동생에 대해서 운을 뗐다.

"그때 〈아이가 다섯〉 드라마 쓰느라 잠도 못 자고 정말 괴로웠거든. 한두 시간이라도 자야 된다, 다른 날 오면 안 되겠느냐고 했더니 오늘 나를 안 보면 진짜 죽을 것 같다는 거야. 사실 걔가 여러 가지 일이 겹치면서, 상황이 좋지가 않았어.

이 사람이라면 행복에 대해 조금은 알지 않을까.

집을 나서서 걷는 동안 내 생각이 났대. 몇 해 전 작가들끼리 해외여행을 간 적이 있었거든. 모두들 바다를 보며 웃고 떠드는데, 그늘에 혼자 앉아 있던 내 표정이 무척이나 평화롭고 행복해 보여서 잊을 수가 없었다고."

언니의 말이 왜 하필 지금 떠올랐을까.

자리를 잡고 앉은 아가씨에게 좀처럼 눈을 뗄 수가 없었다. 오늘 느끼는 감정과 행복은 아주 먼 감정 같은데도 언니를 찾아갔던 동생이 조금은 이해가 됐다. 설명할 수는 없지만 그 아가씨를 보면서 이상하리만치 기분이 나아졌던 것이다.

방금 전보다 서럽게 우는 아가씨의 손을 잡아주지 못한 대신 일기장을 펼쳤다. 소노 아야코의 에세이 《약간의 거리를 둔다》를 읽으며 만년필로 옮겨 적은 문장들을 훑었다.

얄궂게도 피하고 싶은 고통이 나를 성장시키고 발전시키는 바탕이 된다. 행복만이 우리를 만들어내는 것은 아니다. 불행도 우리를 만들어내는 중요한 재료다.

너무나 당연해서 왜 적어놨는지 모를 이 문장이 새삼스럽게 와닿았다. 상황에 따라 감정의 힘은 이렇게나 크다. 이름이나 나이나 개인적인 사정을 몰라도 상관없다. 우리는 존재 자체만으로 서로가 서로에게 영향을 주고받으며 살아가니까.

소노 아야코는 "이 나이가 되고 보니 인생에서 운이 좋았던 순간과 운이 없었던 날의 차이가 그리 크지 않음에 동감하게 되었다"고 한다. 내가 오래전부터 일희일비하지 말아야겠다고 다짐하는 이유도 이와 같다. 지나고 보면 행복이든 불행이든 별반 다르지 않기 때문이다. 겪는 순간의 성질만 다르다 느낄 뿐이지, 인생이라는 큰 그림에서 보면 성장의 최대치는 동일하게 나타난다. 소노 아야코만큼 나이를 먹지는 않았지만 나도 따라 말하련다.

'좋지도 나쁘지도 않은 인생이라고 말하지 않겠다.
인생은 좋았고, 때론 나빴을 뿐이다.'

오 늘 의 다 짐

바쁜 것과 중요한 것을 혼동하지 말자.

숲

회사 권태기가 찾아왔다. 승진과 함께 선임의 자리를 물려받고 적응을 하느라 올해는 그럭저럭 넘어가는가 싶더니, 출근하는 버스 안에서 한껏 무르익은 은행나무를 올려다보다가 문득 서글퍼졌다. 10월의 어느 날이었다. 겉보기엔 별 다를 바 없는 일상이 이어지는 듯해도 의욕이 줄어들어 새로운 상황을 맞닥뜨리기보다 피하고 싶은 마음이 이미 커져버린 때였다.

고질적인 문제가 있다 하더라도 회사 생활에 딱히 불만은 없었다. 오히려 일이 손에 익을 대로 익어 변화가 필요했지만 무사히 하루를 보내고 나면 잔뜩 진이 빠져 아무것도 할 수가 없었다. 밤 열한 시, 퇴근길 지하철에 앉아 월간 〈채널예스〉를 펼쳤다. '윤용인의 노비

269

문장(노안 이후 비로소 보이는 문장)'이라는 코너에서 미시마 유키오의 《금각사》를 소개했는데, 이런 문장이 눈에 들어왔다.

다른 호주머니의 담배가 손에 닿았다. 나는 담배를 피웠다. 일을 하나 끝내고 담배를 한 모금 피우는 사람이 흔히 그렇게 생각하듯이, 살아야지 하고 나는 생각했다.

나도 모르게 속으로 고개를 끄덕였다. 담배를 피우지도 않으면서 손 끝에 담배가 닿는 상상을 했다. 그리고는 정말 담배를 한 모금 피우는 사람처럼 하늘을 올려다보며 이게 바로 지금 내 심정이야, 하고 중얼거렸다. 돌이켜 보면 입사 후 얼마간은 시도 때도 없이 권태기에 시달렸다. 업무가 좀처럼 익숙해지지 않았고, 가뜩이나 자아가 강했던 나는 회원들과의 마찰이 잦았다. 그때는 고민의 끝이 '이 회사를 계속 다닐 것인가 말 것인가'였다면 이번만큼은 성질이 좀 달랐다. '그러니까, 지금 이대로도 괜찮을까?'라는 물음이 찾아왔기 때문이었다. 기껏 일을 잘 하고 돌아서면 어디론가 도망치고 싶은데, 나만 이러는 건 아니겠지?

그런 생각이 강해질 때면 나는 자주 숲으로 갔다.

가까운 곳부터 먼 곳까지, 친구와 함께 가기도 했지만 주로 혼자였다. 걷고 또 걸었다. 단순히 나무가 좋다거나 머리를 식히기 위해서가 아니었다. 당장 무언가를 그만둘 수 없다면, 그곳만큼 숨기 좋은 나만의 장소는 없다고 믿었던 것이다. 불어오는 바람과 나뭇잎 하나까지 가만가만 느끼다 보면 모든 것으로부터 정말로 한 발짝 떨어져 있는 기분. 그 말 없는 온기가 나를 다독였다.

이 글을 쓰는 현재로서는 앞선 감정이 어느 정도 지나갔고, 그래서 더 궁금해졌다. 내가 숲으로 향하는 동안 사람들은 어디로 갈까. 어차피 지나갈 걸 알지만 좀 더 잘 견디기 위해서는 무엇을 할까. 그 사람만의 장소를 알게 된다면 그만큼 기분 좋은 비밀도 없을 것 같다.

5

걸었다, 그게 참 좋아서

아마도 여행

테 라 스   너 머

지난 가을, 루앙프라방에선 일부러 강이 보이는 방을 얻었다.

방 한쪽 면이 큼지막한 두 개의 유리문으로 되어 있었는데,
그 문을 열면 바로 남칸 강이 훤한 테라스와 연결되어 있었다.

이렇다 할 만큼 세련된 맛은 없어도(도마뱀이 화장실로 훅 들어와 소
스라쳤어도) 한낮이면 바깥으로 돌아다니는 대신 푹푹 찌는 열기와
함께 노곤함을 느끼던 날들.

해질 무렵이면 동네 산책을 하고 돌아오는 길에 숙소 옆 좌판을 눈
여겨보았다.

숯불 냄새가 코끝을 자극하더니, 나중엔 구운 두부와 파가 내 발길을 붙잡았다.

몇 날 며칠 테라스에 앉아 저녁으로 그 꼬치구이를 먹었다.
그리고 테라스 너머 어른이 아이에게 기타를 가르쳐주는 소리를 들었다.
알 수 없는 언어로 소곤소곤하는 목소리는 잠깐이었고,
아이는 어른이 알려준 그대로를 따라 했지만 얼마 못 가 틀리기 일쑤였다.

서툴러도 좋으니 멈추지 마렴.
속으로 그렇게 혼잣말을 했다. 아름답다고 생각했다.

누군가에게는 평범한 일상이
누군가에게는 우연 어린 선물이 될 수도 있다는 것이.

시 집

시골에서 며칠을 머물다가 서울로 돌아오기 전에
초피나무 잎사귀들을 시집 사이마다 끼워놓았다.

향이 날아가더라도 그리운 사람들을 만나면
하나씩 나눠줘야지.

그렇게 생각하며 두툼해진 책을 가방 깊숙이 넣었지만
내 마음은 계속해서 그 시집을 있는 그대로
한 사람에게 주고만 싶다.

오 늘 도 여 행

모르는 길을 걷거나.

새로운 카페를 가거나.

안 타본 버스로 목적지를 가거나.

못 먹는 음식에 도전하거나.

한 장소에서 오랫동안 관찰을 하거나.

서점에 가서 무작정 끌리는 책을 사거나.

내가 살아가는 자리에서

작은 새로움을 발견하는 것도

결국은 여행.

귀 가

이 년 만에 치앙마이를 찾았다. 뒤늦은 여름휴가를 어디로 갈지 고
민할 때만 해도 새로운 나라에 갈 생각이었지만 막상 항공편을 알아
보려니 나에게 있어 애틋한 곳으로 떠나고 싶었다.

생활이 지금보다 불안정해서 겨우 돈을 모으던 시기였다. 처음으로
혼자 떠난 해외여행이었고, 게스트하우스와 그 작은 마을의 사람들
이 좋아 일상과는 다른 평온을 느끼고 돌아온 뒤 나는 늘 그곳을 그
리워했다.

게스트하우스에 짐을 풀자마자 감기 기운이 몰려왔다. 아무래도 조
금쯤 쉬고 싶었나 보다. 이번엔 새 울음과 오토바이 소리가 낯설지

않았다. 이틀을 내리 자고 나서야 정신이 들어 게스트하우스의 주인 언니에게 근처에 마사지 가게가 있는지 물었다.

언니가 추천해준 곳은 다행히 가까웠다. 태국인 아주머니가 혼자 하시는데, 다녀온 사람들은 하나같이 만족했다기에 그 길로 찾아갔다. 쭉 뻗은 시골길을 따라 '타이 마사지'라는 파란색 빛바랜 간판이 걸린 가정집이었다.

마사지를 받을 수 있는 공간이 따로 있었고, 아주머니의 손길은 생각보다 정성스러웠다. 그날 이후 매일 마사지를 받으러 다니면서 내심 궁금했다. 왜 하필 여기일까. 수많은 자격증이 있을 뿐더러 아주머니의 실력이라면 시내에서 장사를 해도 괜찮을 텐데.

그러던 어느 날, 약속 시간보다 일찍 도착했을 때였다. 인사를 해도 아주머니가 보이질 않아 마당을 기웃거리는데, 맞은편 집에 사는 아저씨가 나를 불렀다. 무슨 말인지 정확히 알아들을 수 없었지만 크게 적혀 있는 아주머니의 핸드폰 번호로 전화를 해보라는 것 같았다.

문이 활짝 열려 있는 아주머니의 집에 들어가 전화기를 찾다가 누군가와 마주쳤다. 나와 비슷한 나이로 보이는 아주머니의 아들이었다. 언제부터 어떻게 아픈지, 그는 가족의 도움 없이는 전혀 몸을 가눌 수 없어 보였다. 피하고 싶은 건 내가 아니라 그가 아니었을까. 바지만 입은 채 의자에 앉아 있던 그가 나를 올려다보는데, 깜짝 놀라 그만 현관을 빠져나와버렸다.

오토바이를 타고 들어오던 아주머니와 마주친 건 그 순간이었다. 한층 물기 어린 아주머니의 눈을 바라보며 한 가지 사실이 마음에 박혔다.

그치. 세상 어디를 가나 슬픈 사람은 있어.
내가 행복을 찾아온 이곳도 결국은 사람이 사는 곳이지.

여행 중 그런 일은 처음이라 돌아가면 하루하루를 어떻게 살아야 할지에 대해 고민했다. 캐리어와 함께 집 문을 열면 오래된 주택의 눅눅한 공기가 나를 맞이할 테고, 회사 일로 여전히 스트레스를 받고, 글을 쓰면서 또 헤매고, 그렇게 반복되는 일들 속에서 힘들겠지. 그렇지만 이번만큼은 나의 현실을 있는 그대로 더 견딜 수 있을 것만 같았다. 여행자로서가 아닌, 이곳에 잠시 '살아보는' 사람으로서의 깨달음이었다.

완벽하지 않은 순간

재작년과 올해, 두 번의 치앙마이 여행 동안 묵었던 곳은 '이너프 포라이프'라는 게스트하우스였다. 반캉왓이라는, 예술인 공동체 마을에 있는 이 숙소는 오로지 한 팀만 예약할 수 있었고, 태국인 남편 그리고 사랑스러운 아들들과 함께 치앙마이에서 살고 있는 한국인 언니가 운영하는 공간이었다.

처음 반캉왓에 도착했던 날을 생각하면 잊을 수 없는 풍경이 있다. 마을을 산책한 뒤 서늘한 바람을 맞으며 테라스를 서성이는데, 건너편, 불이 켜진 책상 아래에서 누군가 책을 읽는 모습이 보였다. 바람결에 몸을 흔드는 나무 소리가 하도 생생해서 더 이국적이라고 느껴졌을까. 그날 밤, 자다 깨면서 자주 창문을 열었다. 그는 오랫동안 자리를 지키고 있었다.

그의 이름은 넛이었다. 마을로 들어오면 마하사못 도서관이 보이는데, 넛은 땡모라는 친구와 그 북카페의 공동 운영을 맡고 있었다. 타이 커피를 마시러 오가던 사이 둘 다 친해져서 금세 정이 들었고, 일년 후에 온다던 나는 이 년을 꽉 채운 후에야 다시 반캉왓을 찾았다. 새벽 출근 후에 저녁 비행기를 탔다. 유난히 길고 고된 하루였는데, 넛은 오래전 그날처럼 도서관 구석에 앉아 홀로 책을 읽고 있었다.

피곤한 눈을 쏨벅거리며 '무엇을 도와줄까?'라고 묻던 넛은 몇 마디를 더 나누고서야 나를 알아봤다. 게스트하우스로 올라왔을 때 바깥에서 넛이 나의 이름을 크게 불렀다. 시간이 늦긴 했지만 저녁을 안먹었으면 함께 먹겠느냐는 거였다. 24시간 로컬 음식점에 앉아 그간의 근황을 주고받았다. 몇 달 전, 이곳에 올 거라는 연락을 남긴 적이 있었다. 그때 왜 답이 없었느냐고 물으니 넛은 난감한 표정을 지었다. 땡모와의 의견 차이로 도서관을 혼자 운영한 지가 꽤 되었는데, 그 부분을 나에게 설명하기가 어려웠다고 했다.

사려 깊은 넛이 말을 아끼는 모습을 보면서 우리가 완벽히 나눌 수없는 대화에 대해 생각했다. 짧은 영어로는 차마 다 전할 수 없는 감정을 짐작하는 것. 유일한 태국인 친구 넛과의 그 침묵은 신기할 만큼 편안했고, 자연스러웠다. 머무는 내내 우연히 마주쳐서 대화를 나누거나 밥을 한두 번 더 먹기는 했어도 나를 유난스럽게 대하지는 않았다. 그의 그런 태도가 좋았다.

늦은 밤, 돌아가는 비행기를 타러 가기 전에 넛과 반캉왓 앞마당 벤치에 앉았다. 잠깐 사이에 또 모기에게 시달리느라 다리를 탁탁 치며 넛에게 푸념을 했다.

"모기만 아니었다면, 이번 여행은 완벽했을 텐데."

정말이었다. 매일 모기에게 물려 붓기까지 하느라 몸이 온전한 데가 없었다. 처음으로 땀띠 때문에 생활하기 불편한 지경까지 이르자 그 한마디만 끝도 없이 머릿속에 맴돌았다.

"모든 것이 완벽하길 바라지만 너도 알잖아.
그런 순간은 대부분 존재하지 않는다는 걸."

그렇게 대답하던 넛이 맑게 웃었다.

살아가는 모습은 다르지만 살면서 느끼는 점은 참 비슷하네. 이렇게 또 하나 배워가는구나 싶었다. 그래도 한동안은 여행 덕분에 일상을 버틸 수 있을 줄 알았더니, 돌아온 바로 그날, 직원이 부족한 채로 후임들의 근무 일정을 짜느라 나는 보기 좋게 무너져버렸다.

회사에 대한 화를 어쩔 줄 모르면서 살인적인 근무를 마친 뒤 퇴근을 할 때면 모든 완벽하지 않은 순간을 떠올렸다.

세상엔 내 마음대로 되지 않으니 어떻게 바라보는지가 더 중요한 일들이 있다. 이 또한 지나갈 것이라고 받아들이자 며칠 만에 제대로 숨을 쉬는 기분이었다. 다행이었다. 캐리어에 아직 넛과의 마지막 대화가 담겨 있어서.

낭 만

키치죠지에 있는 재즈바에 가려고
도쿄행 비행기 티켓을 예약했다.

철학의 길을 다시 걷고 싶어서
오사카 간사이행 국내선을 탄 뒤
교토로 떠나는 6박 7일의 여정.

낯선 곳에서 지극히 사소한 추억을 만드는 것도
좋았던 기억 위에 새로운 시간을 써내려가는 것도
그저 지금이기에 가능한 일.

집 중 했 던   즐 거 운   추 억

강릉으로 떠나기 전에 요시모토 바나나의 《불륜과 남미》를 꺼내 들었다. 제목이 강렬해서인지 책장에 꽂혀 있는 무수한 책 중에 이것이야말로 낯선 장소에서 다시 읽으면 좋겠다는 생각 때문이었다. 이른 아침, 평소와 다를 바 없는 가방을 들고 동서울터미널에서 버스를 탔다.

일 년에 몇 번, 혼자서 훌쩍 겨울 바다를 보러 간다.

사천 해변은 개발이 더디고 아직까지도 인적이 드물어서 특히나 내가 좋아하는 장소다. 소나무들 사이로 불어오는 바람이 어찌나 거센지, 눈을 제대로 뜰 수 없는 산책로를 걷다가 처음 이곳에 왔을 때 들어갔던 카페를 찾았다. 바다가 잘 보이는, 낮고 푹신한 의자에 앉아 커피를 마시자니 온몸의 긴장이 풀렸다. 그리고 반나절 동안《불륜과 남미》를 다 읽고 책을 덮었을 때 제일 기억에 남았던 건 밑줄을 그으며 일기장에 옮겨 적었던 이야기들이 아니었다.

'플라타너스'라는 챕터를 펼쳤다. 아르헨티나로 오게 된 인물들 중에 유독 눈에 띄지 않던 부부였건만 왜 이들이 가장 먼저 떠올랐을까. 화자인 '나'는 서른다섯 살이었다. 나이 차이가 많이 나는 남편과(남편의 나이는 예순이고) 멘도사로 여행 온 뒤의 하루하루를 묘사하고 있는데, 그 분위기가 심심한 듯 조화로워서 처음에는 사연이 없는 것처럼 다가왔다.

하지만 또 읽기 시작했을 땐 이런 부분이 와 닿았다.

시간이 남아 영광의 언덕이라는 곳을 갔던 오후, 부부는 저 멀리 아득한 거리와 잔설이 남아 있는 산꼭대기를 보며 "내려가면 서브마리노(뜨거운 우유에 초콜릿 덩어리를 녹여서 마시는 음료)를 마시지"는 대화를 나눈다. 그 대화로 인해 '나'는 연애 시절 추억 하나를 떠올린다.

밸런타인데이니까 초콜릿이라도 먹자 싶어 방 안에 있던 초콜릿 상자를 찾아서 열어보았더니 텅 비어 있기에 편의점까지 걸어갔던 길.

별이 어지러울 정도로 반짝거리던 추운 밤이었고, 선반에 진열된 초콜릿 중에 '나'의 마음에 드는 건 하나도 없다. "그럼 우유하고 코코아 가루를 사 가서 맛있는 핫 초콜릿을 만들자." 그가 말한 대로 둘은 훈훈한 방으로 돌아가 코코아 가루와 시나몬과 카르다몬을 넣은 핫 초콜릿을 만들어 먹는다. '나'는 이렇게 기억한다. 끓어 넘치지 않게 조심조심하고, 너무 달지 않게 신경을 쓰고, 컵을 데우고…. 그렇게 무슨 의식을 치르는 것처럼 온 마음을 집중한 덕에 더욱 맛있었다, 고. 여운이 깊었던 지점은 앞서 적어 내려간 내용보다, 이러한 추억을 되새겨 보는 '나'의 감정이었다.

그녀는 "집중했던 즐거운 추억은 왜 나중에 돌아보면 쓸쓸하게 느껴지는 것일까?"라고 말한다.

서울로 돌아오는 버스 안에서 문득 첫사랑을 떠올렸다. 친한 친구의 대학 동기이자 지난 연애 중 가장 오랜 시간을 함께 한 사람. 그 사람을 보러 춘천까지 갔던 어느 날, 친한 친구와 셋이서 구리로 돌아오다가 고속도로를 잘못 빠진 적이 있다. 순식간이었다. 재미있다는 듯이 밖을 보다 말고 차를 돌리기엔 늦어버려 우리는 그대로 횡성까지 달렸다. 마트에서 장을 본 뒤 이름도 모르는 시골 마을의 얕은 개울가에 자리를 잡았을 땐 이미 해가 뉘엿뉘엿 저물어가고 있었다.

하늘이 청량해서 자꾸만 올려다보던 초여름이었다. 바람 한 점 없는 어둠 속에서 우리는 서로에게 얼마나 익었는지 알 수도 없는 고기를 건네주며 한참을 웃었다. 그 밤은 갑작스럽게 그러나 별일 없이 아름다웠다.

우리이기에 가능했던 일들. 그때, 두 사람이 만들어낸 온기가 추억일지도 모르겠다.

언제부턴가 첫사랑을 떠올리면 그 기억만 유난스럽게 떠오른다. 행복하거나 뜨거운 순간이 많았던 만큼 서로의 밑바닥을 보기도 했지만 신기한 일이다. 먼 시간이 흐른 지금, 그것만이 나만의 집중했던 즐거운 추억으로 남아버렸다.

혼 자

매일 약수터에 오른 지 사흘째.

새소리, 바람소리, 나뭇잎소리…

내 발 소리에만 집중하기를 멈추고

산에 오르는 사람들을 살폈다.

혼자여서 라디오를 듣는 사람.

혼자여도 노래를 부르는 사람.

그리고 오늘은 빈 물병을 짊어진 채

산을 위한 기도를 하는 사람을 봤다.

우리 모두 혼자인 듯 혼자가 아닌 시간.

산 책 명 상

한 걸음 멈춰서면 주위 소리가
한 걸음 멈춰서면 풍경이
또 한 걸음 멈춰서면 사람이 다시 보인다.

걸음과 걸음 사이에 멈춤을 알면
매일이 그렇게 서서히 달라진다.

느리지만 깊고 분명한 변화.

이 름 없 는
두 붓 집

친구와 함께 양평으로 바람을 쐬러 가기로 했습니다.

주말 오후여서 차가 지독하게 막힐지도 모른다는 걱정을 하다가 문
득 두부 요리가 먹고 싶었어요. 그래서 알아본 곳이었습니다.

초행길이라 한참을 헤맸지요. 개군면을 넘어가는 고가도로에서 네
비게이션이 목적지에 도착했다며 안내를 멈췄습니다. 그로부터 십
분 뒤, 어떻게 들어섰는지 기억도 안 나는 도곡리의 작은 시골길을
달리다 말고, 누군가의 글에서 본 익숙한 지붕이 눈에 들어왔어요.

"진짜야. 이름이 없는 두붓집이 정말로 있었어."

친구가 마당에 차를 세우는 동안 그런 대화를 나눴습니다.

이름이 없으니 간판 또한 있을 리 없지요.

흰한 거실에 아무렇게나 초록색 상이 놓여 있는 가정집이었으니까요. 신발을 벗고 앉자마자 벽을 꽉 채운 손자들의 사진이 눈에 들어왔습니다. 텔레비전 옆으로 몇 겹씩 걸려 있는 태권도 메달들을 보며 할머니 혼자 이곳에 사는 게 아니구나, 알 수 있었어요.

메뉴는 딱 두 가지, 두부 지짐이와 두부 전골입니다.

들기름에 부친 두부를 먹는 내내 당신이 두부 전골을 만드는 모습을 지켜봤습니다. 이른 아침에 만들었다는 두부를 한 모 반이나 숭덩숭덩 잘라 넣고, 오이 소박이며 고구마순 무침이며 우리가 비우는 그릇을 채워주고… 문을 열었는지 몰라 미리 전화를 걸었을 때 몇 명이냐고 물었던 것도 다 이유가 있었구나. 딱 2인분, 압력밥솥으로 이제 막 지은 밥이 올라왔던 겁니다.

저 멀리 기차가 지나가는데, 이게 꿈인가 현실인가 싶었습니다. 누룽지까지 만들어준 뒤에야 당신이 자리를 잡고 앉았어요. 늦은 오후인지라 손님이라고는 우리밖에 없어, 행여나 방해가 될까 급히 자리를 뜨려고 했습니다. 그런데 당신이 내 손을 덜컥 잡으며 말했습니다.

"아이, 왜 이리 급하게들 가요? 조금만 더 있다 가요."

그 한마디가 왜 이리도 서늘한지요. 이곳에 오느라 헤맨 이야기를 아까 전보다 열심히 주고받았습니다. 당신이 손자들의 사진을 보며 설명을 하다가, 넋두리처럼 한마디를 보탰습니다. 막내며느리가 둘째를 낳은 지 얼마 되지 않아 집을 나갔다고. 그때부터 지금까지, 서울에서 돈을 버는 아들 대신 두 손자를 키우고 있다고요. 순간, 서늘함의 정체를 알 것 같았습니다.

"집집마다 속 안 썩는 사람 없어.
주말이라고 애들이 지 애비 만나러 갔는데,
그래도 있다가 없으니까 영 허전해요."

알게 모르게 저릿했나봅니다. 당신의 목소리가 너무나 덤덤했기 때문이지요. 큰아들이 오면 오디를 따러 가야겠다는 말도, 손자들이 놀다 들어오느라 택시 값이 많이 나온다는 말도, 더위 탓에 장사가 전처럼 안 된다는 말도 모두 다 다른 높낮이로 쓸쓸했습니다.

그날 먹었던 누룽지가 생각납니다. 이따금 쓸쓸해지면 당신의 얼굴을 짚어봅니다. 햇볕이 한줌 들어앉은 자리에 주름이 가득했는데도 웃는 모습이 선명했지요. 눈이 사정없이 쏟아진다면 이름 없는 두붓집에 또 가고 싶습니다. 쓸쓸함이라는 말 속에 당신이 잘 담겨 있습니다.

1.5 일

2017년 3월, 제주도를 다녀왔다.

숙소와 비행기 티켓을 한 달도 더 전에 예약했으나 사실 가야 하나 말아야 하나 고민을 많이 했다. 이쯤 되면 계약했던 작업이 끝나고도 남았어야 했는데, 그러기는커녕 여행 기간이 원고 수정 마감 날짜와 겹쳤던 것이다. 얼마나 정신이 없는지 무슨 비행기로 예약했는지도 모를 지경이었다. 그래서 떠났다. 낯선 곳에서 집중하면 일이 더 잘 될지도 모른다는 생각으로.

퇴근을 하고 늦은 밤, 게스트하우스에 도착했다. 분량이 상당했기에 이틀 밤을 꼬박 새워서 집중하는 것이 목표였지만 비바람에 얼어붙은 몸을 녹이자마자 잠이 쏟아졌다. 방이 네 개로 나눠져 있는 제주도 전통 가옥이었다. 1인 1실이라 시끄럽지는 않았어도 한 방에 앉아 수다를 떠는 두 친구의 목소리가 고스란히 들려왔다. 모두들 나처럼 애써 조용한 게 아닐까. 묘한 불편함과 함께 숨죽여 넷북을 두드려야만 했다.

여간해선 불길한 느낌이 틀리지 않는다. 처음부터 그런 일들이 있다.

직감적으로 그만뒀으면 될 것을, 이미 먼 길을 왔다. 이미지 용량이 과부하가 걸려서 넷북이 멈추다 못해 다운되길 반복했다. 서서히 망했다는 생각이 들기 시작했다.

안 되겠네. 일단 잠을 조금만 자야겠어.

그렇게 세 시간 후로 알람을 맞추고 여섯 시간 후에 눈을 떴다. 자고 일어난 모습으로 해변 산책을 하면서, 마음을 다잡았다.

그래. 이 산책이 오늘의 유일한 사치야.

책상 앞에 앉아 있을 때 주인아저씨가 불렀다. 게스트가 한자리에 모여 조식을 먹을 시간이었다. 여행은 많이 다녔지만 이런 자리는 낯설었다. 세 친구 다 동생인 데다가 오늘 체크아웃을 한다고 했다. 그중 혼자 온 친구에게 뭐 할 거냐고 물으니 카페 요요무문에 갈 거라는 대답이 돌아왔다. 그곳의 당근 케이크가 맛있기로 유명한데 어제는 품절이라 못 먹었다고.

이번엔 그 친구가 나의 계획을 물었다. 어디 안 갈 거라고 했더니, 주인아저씨가 청소로 인해 방을 비워줘야만 하는 시간이 있다는 것이 아닌가. 무려 대여섯 시간이라니, 눈앞이 깜깜했다. 이번에야말로 정말 망했다는 생각이 들었다.

요요무문이 평대리에서 제일 일찍 여는 카페라는 말에 그 친구와 함께 걸어가기로 한 뒤 짐을 챙겼다. 이제 막 국문과를 졸업한 그녀는 라디오작가가 되고 싶다고 했다. 전공과 관심사가 비슷하다 보니 이미 알던 사이처럼 편안했다.

동생을 따라 작은 골목길을 걸었다. 해변을 걸었을 때와 같은 방향인데 분명 다른 풍경이 펼쳐졌다. 아까 눈여겨본 곳이 있었다. 낮은 가옥 사이로 유난히 큰 하얀색 건물이었는데, 2층 전면이 유리창으로 되어 있어 누군가의 작업실이 아닐까 궁금했었다. 그런데 동생이 바로 거기가 우리의 목적지라고 했다.

1층은 해녀들의 작업장이었다. 창가에 머무르니 물질을 나간 해녀들을 볼 수 있었다. 하릴없이 창밖 풍경이나 책장 속의 책들을 보고 싶었지만 그 무엇 하나 마음에 제대로 담을 수가 없었다. 인터넷을 잡으려니까 자꾸 끊기고, 시간은 빠르게 흘러갔다.

작업은 전혀 진전이 없었다. 자책감만 산더미처럼 불어나는 중이라 옆에 앉은 동생의 연락처를 물어볼까 말까 고민했는데, 그사이, 동생이 '느끔이(마음 놓고)'라는 제주도 방언이 적힌 귀여운 엽서를 선물로 주며 일어났다. 잠깐만요, 하고 메모지에 적어준 문장은 우스꽝스러울 만큼 횡설수설했다.

돌이켜 봐도 후회로 가득한 여행이었다. 날이 밝기 전에 비행기 티켓을 새로 끊은 후 택시를 불렀다. "고작 이틀을 채우지 않을 건데 왔어요?" 새벽 다섯 시에 택시 아저씨가 건넨 물음이었다. 원고는 결국 예정된 날짜에 넘기지 못했다.

그로부터 두 달 뒤 다시 제주도를 찾았다. 이번엔 친구들과 함께였을 뿐만 아니라 숙소와 음식 모두 완벽했다. 애월읍의 어느 카페에서 커피를 마실 때였다. 곳곳을 둘러보다가, 벽에 붙어 있는 종이를 자세히 보니 무언가 적혀 있었다.

3월 7일까지 마무리해주세요.

이번 주에는 171페이지까지 풀어야겠다.

우리 다음 주까지 과제 2개야?

4학년이 되기 전에 인턴이라도 해두려고.

1년 안에는 취직해야죠.

30에는 결혼할 것 같아?

53세에 은퇴하면 뭐하지?

숫자들로 빈틈없이 짜여진 계획을 따라가며
우리는 숫자 속에서 빈틈없이 행복하게 살고 있을까?

2015년, 매거진 〈A3〉에 박윤형이 디자인한 글이었다.

나는 지금 어떤 숫자 속에서 살고 있나, 굳이 따져보니 저번 여행과 마찬가지로 이번에도 1.5일을 제주도에서 머무르는 셈이었다. 두 번의 여행 다 특별했지만 숫자 속에서 빈틈없이 행복하지 못했던 3월의 1.5일이 더 기억에 남는다. 자유롭다는 생각 없이 자유로웠던 5월의 제주를 통해 나는 그런 결론을 내렸다.

보호수 너머 아기자기한 집들을 보며 함께 걷던 그 동생은 노란색을 무척이나 좋아했다. 노란색 계열의 코트를 입은 것으로도 모자라 노란색 가방을 맸는데, 가방 위로 노란색 나뭇가지가 쑥 고개를 들고 있어 한참을 웃었다. 사진 찍어도 되냐니까 선뜻 등을 내어주던 그 동생이 하필이면 '느끔이' 엽서를 건네줘서 얼마나 찔렸는지도 말해주고 싶다.

흐린 하늘, 배 터지게 먹었던 카레, 잠들지 않겠노라 연거푸 마셨던 커피 세 잔, 맑지 못했던 바다, 흘깃 훔쳐봐야만 했던 해녀의 얼굴, 동이 트기 전에 어디선가 들려오던 바닷소리, 여유 없음, 피곤함과 조급함 모두 여운이 깊었던 이유는 현실을 가까스로 벗어나서야 나에게 필요한 것을 선명히 봤던 탓이다.

숲 이   되 어 보 려

비가 거센 아침이었다.

큰고모의 옷을 입은 그대로 숲정이 정자를 찾았는데,
이미 그곳에 돗자리를 깔아놓은 채 누워 있는 아주머니가 있었다.

아주머니가 틀어놓은 무선 라디오가
큰 소리여서 방해가 될 줄 알았던 것도 잠시,

나는…

구석에 누워 네 시간이 넘도록 잠을 잤다.

잠결에 라디오에서 흘러나오는 시가 들렸다.

정확한 프로그램 명은 모르겠지만 시를 읽어주는 코너였고,

'풀잎'과 관련된 그 시의 내용은 대충 이러했다.

무언가 몸이 간지럽기에 벌레인 줄 알았는데,

다시 보니 소년 같은 풀잎이었다고.

그런 경험이 있다는 아나운서의 웃음이 아득해졌다.

완전히 잠에서 깼을 땐 두 어르신이 보였다.

정자 옆 평상에 돗자리를 깔고 앉아 한잔하시다가

무언가를 적고 있던 나에게 글을 쓰는 사람이냐고 물었다.

대답 없이 웃었는데 김삿갓 이야기를 해주셨다.

눈앞에 펼쳐진 다리만 건너가면

김삿갓이 생전에 마지막으로 살았던 마을이라고.

"우리는 아주 오랜 친구인데,

주거니 받거니 대화하고 싶어서 왔어요.

아가씨. 뭐든지 열심히 하면 돼요."

그 말을 끝으로 두 어르신이 먼저 자리를 떠난 뒤에도
한참 동안 빗방울이 번지는 강가를 내다봤다.

숲이 되고 싶어 숲을 찾았는데,
이미 숲이 되어버린 사람들이 거기에 있었다.

배 롱 나 무

꽃이 피고 지는 걸 보면서

나만 여행 같은 삶은 아니구나 싶었다.

버 스 드 라 이 브

주위에서 다 알만큼 버스를 좋아한다.

보고 싶은 사람들을 만나기 위해 대구나 부산 같은 장거리를 다녀올 때에도 버스를 고집하는 편인데, KTX가 생긴 뒤로는 언젠가 이 교통수단이 없어질까 내심 걱정할 정도다.

양평에 살 때는 강변 역부터 양평 시내까지, 장장 두 시간에 걸쳐 돌아가는 버스를 타곤 했다. 어렸을 적 살았던 동네로 돌아온 지금도 버스 사랑이 여전하다면 유난이려나.

집 앞 정류장에서 아무거나 타면 강변 역까지 간다. 동네를 빠져나감과 동시에 산과 강이 한눈에 펼쳐져서, 완전히 다른 세상으로 접어드는 기분이 든다. 창밖을 마주하면 이때만큼 계절의 변화와 그날의 아름다움이 다르게 느껴지는 시간도 없다. 이동 시간이 길어서 힘들지 않느냐고 묻는 이들에겐 "하루하루 여행하는 것 같아서 좋아" 하고 대답했다.

버스를 타면 언제 어디서 어떻게 막힐지 모른다. 이 길 저 길 돌아가는 건 물론이다 보니 그 모든 것이 불편하고 답답하게 여겨질 수도 있다. 누군가가 버스를 싫어하는 온갖 이유를 댄다면, 나는 바로 그 이유들로 인해서 버스를 사랑한다고 말하고 싶다.

《매일이, 여행》에서 요시모토 바나나는 말했다. '가장 관계없어 보이고, 알기 어렵고, 효율적이지 못하고, 아무래도 상관없게 여겨지기 때문에 점차 사라져버리는 것들이 어쩌면 영혼에는 가장 좋은 영양소인지도 모른다'라고.

요시모토 바나나의 표현대로 버스 드라이브는 나의 영혼에 가장 좋은 영양소가 되어주고 있다. 버스에 몸을 실은 동안은 온몸의 긴장을 풀 수 있다. 시간을 쪼개 사는 일상으로부터 잠시나마 해방될 수 있기 때문이다.

창 밖 너머에서 불어오는 바람이 얼마나 시원한지, 내가 어떤 생각을 하고 있는지, 또 얼마나 많은 상상을 할 수 있는지 새삼스럽게 알아가는 시간을 잃어버리고 싶지 않다. 나만의 자잘하고 하찮은 행복이 앞으로도 사라지지 않길 바란다.

7 월 15 일

친구와 함께
든든히 밥을 먹고
비 오는 길을 달리자니
마구 기분이 좋아져서
노래를 따라 불렀다.
막춤을 췄다.

오늘 하루는 이것만으로도 충분했다.

작 가 의 말

그 시 간 이 있 었 기 에
비 로 소 나 를 조 금 알 게 되 었 다

스물아홉에 시작한 작업을 서른둘이 되어서야 마친다.

3년이 넘는 긴 시간 동안 에세이의 제목이나 방향을 정하지 않은 채
자유롭게 원고를 쌓아가면서, 과연 이 글들이 어떤 의미가 있을까
스스로 고민하지 않을 수 없었다. 생각보다 솔직해지기가 어려웠고,
있는 그대로의 나를 드러내기까지 오랜 시간이 걸렸다.

그런데 이제 와서 보니 스물아홉에 쓴 글이 달랐고, 서른에 쓴 글이
달랐고, 서른하나에 쓴 글이 또 달랐다. 내 나이였기에 할 수 있는
이야기들, 여전히 제자리였다면 몰랐을 그 섬세한 성장들을 직접 확
인하는 기분은 특별했다.

이른 나이에 드라마 보조 작가를 시작했다. 상황이 되는 한 계속 했다면 글을 쓰는 데는 더 도움이 되었을 수도 있다. 몸이 안 좋아진 것도 사실이었지만 솔직히 그때의 나는 사회생활을 꼭 해보고 싶었다. 글이야 평생 쓸 수 있을지 몰라도 지금이 아니면 회사를 다녀볼 수 없을 것만 같았기 때문이었다. 적당한 조직과 체계가 있으면서도 이전과는 다른 성질의 인내가 필요한, 원래 성격과는 전혀 맞지 않았던 곳으로 가능한 한 나를 던져보고 싶었다.

그렇게 시작한 회사 생활과 작업을 6년 동안 병행했다.

입사하던 날, '어떤 식으로든 내적인 성장을 이룰 때까지 버텨보자'던 나와의 약속을 지킨 셈이었다. 어른이 되려면 힘든 것, 이해할 수 없는 것, 싫은 것조차 견뎌야 하는 순간이 찾아온다. 그 순간 너머에 성장이 있기에 간절함보다 꾸준함이 필요한 것이리라. 그 사실을 알기 전까지는 나 또한 간헐적으로 노력했고, 정말로 원하는 것을 해낼 만한 내적인 힘이 부족했다.

그런 의미에서 이 기록들은 나이를 떠나 한 사람이 어른으로서 성장하는 과정이라고 봐야겠다. 정신적으로 시달리는 일들이 끝내 힘든 경험이 되리라는 법은 없으니, 여전히 서툴러도 괜찮다. 어른이 되어도 오늘이 낯설지만 우리는 조금씩 나아가고 있다고 말하고 싶다.

이 책에 담게 된 수많은 사랑은 더 이상 내 곁에 없다.

셀 수도 없는 사람들을 내 삶에 들이고 떠나보낸 만큼 여전히 내 곁에 머무는 사람들을 소중하게 사랑하기로 했다. 상처를 주고받는, 그토록 지독한 과정을 왜 이렇게 쉬지 않고 반복했는지 모르겠다. 하지만 그런 시간이 있었기에 비로소 조금쯤 나를 알게 된 것도 같다.

당신도 당신의 사랑 안에서 당신을 좀 더 이해할 수 있기를,
무엇보다 당신 자신을 더 사랑할 수 있게 되기를 바란다.

다행이야,
그날의 내가 있어서

초판 1쇄 인쇄 2018년 3월 9일 **초판 1쇄 발행** 2018년 3월 16일

지은이 오승희
펴낸이 연준혁

출판 2본부 이사 이진영
출판 6분사 분사장 정낙정
책임편집 박지수
기획실 박경아
디자인 urbook
사진 unsplash

펴낸곳 (주)위즈덤하우스 미디어그룹 **출판등록** 2000년 5월 23일 제 13-1071호
주소 (410-380) 경기도 고양시 일산동구 정발산로 43-20 센트럴프라자 6층
전화 (031)936-4000 **팩스** (031)903-3895 **홈페이지** www.wisdomhouse.co.kr
전자우편 wisdom6@wisdomhouse.co.kr

© 오승희, 2018
값 14,000원 ISBN 979-11-6220-312-5 03810

국립중앙도서관 출판예정도서목록(CIP)

다행이야, 그날의 내가 있어서 / 지은이: 오승희. ― 고양 :
위즈덤하우스 미디어그룹, 2018
  p. ; cm

ISBN 979-11-6220-312-5 03810 : ₩14000

한국 현대 수필[韓國現代隨筆]

814.7-KDC6
895.745-DDC23   CIP2018006338